AF396503

Maurice de TALLEYRAND-PÉRIGORD

Duc de DINO

# Au Pays
# du Silence

PARIS

LIBRAIRIE DE LA "NOUVELLE REVUE"

18, BOULEVARD MONTMARTRE, 18

# Au Pays du Silence

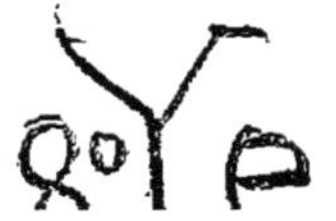

Maurice de TALLEYRAND-PÉRIGORD
Duc de DINO

# AU PAYS DU SILENCE

PARIS
LIBRAIRIE DE LA "NOUVELLE REVUE"
18, BOULEVARD MONTMARTRE, 18
—
1895

# A Monsieur Henri Rochefort.

Mon cher ami,

Je vous remercie du plaisir que vous voulez bien me faire en agréant la dédicace de ce volume.

Je suis heureux de vous l'offrir, et fier de le mettre sous l'égide de celui que Victor Hugo appelait

> Le puissant sagittaire
> Dont la flèche est au flanc de l'Empire abattu,

et qui est aujourd'hui le proscrit de notre étonnante République.

A vous de cœur.

MAURICE DE TALLEYRAND-PÉRIGORD,
DUC DE DINO.

# Avant-Propos

Celle que, dans ses dernières volontés, mon père nomme tendrement « sa chère fille » m'avait demandé, lorsque je partis pour le Sinaï, d'écrire un poème sur ce voyage et d'en faire l'hommage à mon père.

J'eus la douleur de le perdre et d'apprendre sa mort à Jérusalem, après avoir traversé le désert.

Cruellement privé de la joie que j'aurais eue à remplir le désir de la duchesse de Dino, je dédie ce poème à mon vaillant ami

Henri ROCHEFORT.

Mon père aurait-il été étonné de lire quelques-uns des passages de ce livre? Non, car il m'a souvent répété :

« Il faut avoir le courage de dire sincèrement ce que l'on pense. Tu crois à la vertu, à l'influence de la philosophie socialiste, dis-le. Il y aura des gens qui trouveront tes théories détestables ou inutiles à exposer ; moi, je t'approuverai toujours, parce que tu es convaincu et que tu crois faire œuvre de bien en propageant cette théorie. »

Ma conviction profonde étant que le socialisme seul peut relever la France de l'état de désagrégation dans lequel je la vois se débattre, je n'hésite pas à mettre dans la bouche du héros de ce poème ce que je pense être la vérité.

Duc de DINO.

# Le Départ

Le soleil atteignait à cette apothéose
Où l'atmosphère en feu vibre et pâlit l'azur.
Un diaphane étrange embuait le ciel pur,
Tandis que les lointains tremblent sur un fond rose.
Sous son voile orangé tramé d'or, l'orient
Se baignait dans la mer d'un indigo criant.
Altier, le Sinaï, comme une sentinelle
Gardait ses alentours en surveillant les cieux.
Sa presqu'île dormait rigide, solennelle ;
Le seuil d'un temple antique est moins silencieux !
Tu me fis éprouver le frisson du mystère,
O silence épandu sur la biblique terre !
Car tu pesais bien lourd, tu troublais mes esprits !
Et la stérilité de ton domaine immense,
Qui semble de la vie une œuvre de démence,
Me mit au cœur l'émoi du voyage entrepris.

Partout un sable clair, miqué, jaunâtre, aride,
Sous l'azur maladif, sous le soleil torride
Qui faisait miroiter sur ce sol accablé
La blondeur de l'épi dans les vagues de blé.

Un lazaret bâti sur les bords du rivage
De la souffrance humaine évoquait les douleurs,
Ajoutant une angoisse à ce milieu sauvage
Vaguement imprégné de misère et de pleurs !
Ce lazaret jetait une ombre dure, accrue
Par le contraste ardent de la lumière crue,
Sur un groupe accroupi d'hommes et d'animaux :
C'était notre drogman, l'escorte et nos chameaux.

Oui, l'effroi me hanta dans cette mer de sable.
Lentement je fus pris d'un désir implacable
De fuir à tout jamais cet empire incertain
Où de la mort planait, là-bas, dans le lointain !
Mais bientôt la terreur instinctive et dolente,
Sous le ressort de l'âme avide d'inconnu,
S'effaça dans l'attrait qu'offre ce pays nu,
Et le charme berceur de la marche indolente
Vers le mystérieux emportant mon esprit,
Comme un mahométan je dis : « C'était écrit ! »

Les sables boursouflés de la plaine roussâtre,
Vallonnant leurs contours jusqu'au vague horizon,
Semblaient mourir au pied d'une rive d'albâtre,
Qui bordait un îlot en pleine floraison !
C'était indéfini, ce bouquet de verdure.
En avant, découpé dans la lumière pure,
Un lac se dessinait peuplé de grands oiseaux
Béatement bercés sur la fraîcheur des eaux !
Puis, ce fut comme un tour de ciel dans mes prunelles :
Le lac, ridé du seul effleurement des ailes,

Disparut, et je vis à l'ombre de palmiers
Un camp que traversaient de nombreux chameliers.

Je touchais l'oasis de l'immortel prophète.
Mais, hélas! que de gens affairés, tapageurs!
Foire et marché, bazar, pèlerins, voyageurs,
Arabes en courroux et criant à tue-tête!
Quelle déception, que ce spectacle offert
Ainsi brutalement! J'avais dans mon enfance
Rêvé cette oasis, cachée, et le silence
Debout comme un fantôme au seuil de ce désert!

Sur un tertre isolé, s'élevait solitaire,
Dépouillé de rameaux, un palmier millénaire.
Il n'abritait plus rien, car il était trop vieux,
Ayant vu, m'a-t-on dit, la biblique épopée.
Seul, sur le sable roux, comme une longue épée,
Le fil d'ombre du tronc me reposait les yeux.
Toute rumeur mourait au pied du palmier chauve
Que la brise en passant fit tressaillir encor.
De là je découvris l'immense plaine fauve
Que bordaient tout en feu les monts roses du Thor.
L'Égypte s'empourprait comme une lave ardente;
La terre haletait, brûlée, agonisante;
Le golfe n'était plus qu'un long frisson vermeil,
Dans la descente altière et rouge du soleil.

A ce monde affaissé, veule, mélancolique,
L'astre vermeil jeta comme un regard oblique,
Puis tourna vers le nord son front éblouissant,
Tandis qu'au ciel d'Ophir apparut le croissant!

C'était, superbe nuit, ton avant-garde d'ombre
Éteignant l'horizon que l'astre audacieux
Avait incendié pour éclairer les cieux :
On eût dit qu'il trouvait la planète trop sombre !

L'espace est poudré d'or. Comme un brouillard de sang
Flotte au ras de l'azur, se forme en territoire,
S'allonge et vient s'unir, étrange promontoire,
A la mer, qui n'est plus qu'un colossal étang.
Le ciel semblait alors se replier sur terre,
Lui verser tous les tons connus de l'infini :
De l'orange qui flambe au vieil argent bruni,
Du joyeux incarnat au violet austère.
Elle avance, la nuit ! Sa garde, cette fois,
Déroule lentement sur la céleste arène
Le tapis de velours d'où la nocturne reine
Et Dieu vont regarder passer les astres rois.
Tout s'affaisse et s'éteint ! même les sommets roses,
Qui résistaient encore et, désespérément,
Faiblissent sous l'effort de tout un firmament.
Et, bientôt accablés, ils s'endorment, moroses !

Le ciel a frissonné ! l'espace immense luit !
C'est le baiser d'argent aux lèvres des étoiles ;
C'est la reine de l'ombre au doux front ceint de voiles ;
Du désert c'est la nuit, l'incomparable nuit !

Je te vois, oasis, comme je t'ai rêvée
Sur la vague moiteur des cieux orientaux,
Dans un fond vaporeux où tu sembles bercée,
Tel un nid d'alcyons qui flotte sur les eaux !

Longtemps j'ai contemplé cette île de verdure,
Du tertre où se mourait le plus vieux des palmiers :
Les flots de sable d'or lui servaient de ceinture
Et de garde-remparts les feux des chameliers !

Près d'un brasier mourant, les Bédouins de l'escorte
Veillaient, car au désert l'Arabe est un pillard.
Mon drogman répétait d'une voix rude et forte :
« Je t'ai répondu non, n'insiste pas, vieillard !
— Qu'avez-vous donc, Yousouf? Que désire cet homme ?
Demandai-je au drogman. — C'est assez curieux.
D'abord, aucun de nous n'a jamais vu ce vieux.
Il demande à partir, il m'obsède, il m'assomme !
Je le crois un peu fou, car il pleure et m'a dit :
« Ne me refuse pas ou tu seras maudit ! »
Il pleurait, le vieillard à l'allure hautaine,
Cherchant du Sinaï l'ombre vague et lointaine !
Les pleurs de la vieillesse ont déjà du tombeau
Les reflets ténébreux des maux qui l'y vont suivre !
Ne faites pas pleurer, la vie est rude à vivre !
Du bonheur, dans les yeux, allumez le flambeau !

De loin, le vieux suivit la lente caravane.
Cet homme avait au front le signe des douleurs !
Chaque soir il chanta sur sa guzla persane
Les airs des anciens temps aux chameliers songeurs !

Lorsque l'aurore vint de ses doigts diaphanes
Soulever de la nuit le voile à l'horizon,
Sheick Omar, à genoux, prononça l'oraison
Qui met sous l'œil de Dieu le sort des caravanes.

C'était un guide instruit des dangers du désert.
Par trois fois il avait vu la blanche Médine,
Et La Mecque accordant le port du turban vert,
Tramé de coton fin mêlé de bélédine.
Debout, il étendit ses mains vers l'Orient,
Évoqua d'une voix gutturale et sonore
Le nom d'Allah et dit : « Le monde entier t'honore. »
Et l'écho répéta le verset du croyant.
La nuit, laissant traîner les franges de ses voiles
Sur les longs plis flottants de son grand manteau noir
Brodé des rayons d'or que tissent les étoiles,
Regagnait au ponant son ténébreux manoir.
Le nom d'Allah passa sur le front du Silence
Qui regardait le Temps verser son sablier ;
Le chameau se tourna vers le désert immense,
Car sous le poids du faix ses reins allaient plier !
Et ce fut aussitôt un brouhaha farouche
D'injures et de cris, d'appels à pleine bouche...
Puis, à la voix sévère et calme du drogman,
Nous partîmes joyeux, sous le ciel ottoman,
Et le jour éclaira la route que Moïse
Suivait lorsqu'il marcha vers la terre promise !

# Le Désert

Rayonnement du ciel, aube éclatante et pure !

Tel un pauvre muet que le destin torture,
Que la misère abat sur le bord d'un chemin,
Et qui, pâle et brisé, doute du lendemain ;
Tel, en sa nudité morne, stupéfiante,
A mes regards surpris, apparut le Désert !

Toute âme comprendra (toute âme ayant souffert !)
Cette évocation rapide, inconsciente,
Qui se dresse en fantôme au tréfonds du cerveau,
Devant l'intensité d'un spectacle nouveau !
La joie ou la douleur n'est jamais effacée ;
La vie est comme un livre où vainqueurs et vaincus
Retrouvent le sanglot de leur âme blessée :
Nous n'avons qu'à l'ouvrir, et soudain la pensée
S'éclaire ou s'assombrit des jours qu'on a vécus !

Jadis, à l'âge heureux où la douleur offense
La raison, j'avais vu, sur le bord d'un chemin,
Un malheureux muet qui me tendait la main,
Lugubrement drapé dans sa désespérance !
Nous nous étions compris, mon cœur s'était ouvert !
Et depuis, je revois toujours sa ressemblance
En qui souffre, et je crois... qu'il souffre, le Désert !

Avec la majesté du sommeil de la vague
Qui se repose après l'assaut d'un continent,
Les dunes étendaient leur silence immanent
Jusqu'au fond du désert, dans un lointain très vague.
Cette houle immobile, onduleuse, à dos roux,
Semblait un océan vaincu pendant l'orage
Par un regard de Dieu paralysant sa rage
Et qui, pétrifié, grimace son courroux !
Ce calme est solennel, sa tristesse est immense !
S'il est vrai que parfois la Camarde s'endort,
C'est ce lieu désolé, qui te convient, ô Mort,
Pour ce repos bien court de ta courte clémence !

Thèbes a sa vallée où dans chaque tombeau
Le corps d'un Pharaon ruisselant de dictame
S'en va lugubrement et lambeau par lambeau.
Cette image de mort hantait parfois mon âme,
Le Désert l'effaça : c'est plus tristement beau !

Je me le figurais félin, malingre, oblique.
Devant moi se dressait un superbe inconnu,
Un sauvage muet, hautain, mélancolique,
Ne dissimulant rien, car il se montrait nu.

Si ce spectacle étonne, il émeut, il impose
Par l'étrange grandeur de son aridité,
Où le silence atteint jusqu'à l'apothéose,
La morne solitude à l'âpre majesté !

O silence où l'esprit flotte dans l'épouvante !

Cette plaine sans fin, sans arbre, sans buisson,
Qui boursoufle ses reins sous sa croûte, mouvante
Dès que vient un simoun y hurler la mousson,
Étalait ce jour-là, sous un ciel presque mauve,
Ses sables mordorés comme une peau de fauve.

Pas un seul chant d'oiseau mélodieux, plaintif ;
Aucune onde écoulant son frais et gai murmure ;
Pas un parfum de fleurs, aucun bruit de ramure ;
Le vent seul plagiait le thrène ému de l'if !
Rien ! pas même un frisson, une caresse d'aile,
Un crissement d'insecte, un adieu d'hirondelle !
Ce malheureux n'a rien que la triste beauté
D'un proscrit oubliant l'humaine cruauté.

Je l'avais entrevu, la veille, sous les voiles
De la nuit, lorsqu'au ciel quelques blondes étoiles,
Tramant l'éther divin du fil de leurs rayons,
Glissantes, le zébraient de lumineux sillons.
Et je crus entrevoir des pleurs dans sa prunelle,
Alors qu'il comparait cette plaine éternelle,
Où Dieu passe en semant sa graine de soleils,
A l'infécondité de ses sables vermeils !

Non, je n'ai pas rêvé de fugitives ombres
Venant le consoler et recueillir ses pleurs,
Comme si sur le sol mouvant des dunes sombres
Ses larmes quelque jour devaient renaître fleurs !


Il s'éveilla soudain à l'aube orientale.
C'est l'heure indéfinie où la blanche vestale
De la céleste voûte emporte, en pâlissant,
Le feu sacré des nuits qu'enferme le croissant.


Tremblante, elle avait vu la lumière blafarde
Qui bordait l'horizon des pays de l'Ophir,
Se teinter tout à coup des reflets du saphir
Que porte sur son front le courrier d'avant-garde ;
La timide pâlit et voila son flambeau.

. . . . . . . . . . . . . . . . .


Seigneur, comme ton ciel était profond et beau !

. . . . . . . . . . . . . . . .

De l'aurore à la nuit, tant que l'astre splendide,
Décrivant dans le ciel son radieux parcours,
Verse sur l'Univers le fécondant fluide
Émané de Celui qui créa le Toujours,
Le Désert, dépouillé des dons de la nature
(Renonce à ton prestige, ô divine peinture !)
Est pourtant revêtu des plus doux coloris.
Il semble que, broyant sur d'exquises palettes
Tous les tons empruntés au cœur des violettes,
A l'âme des lis blancs, des bleuets, des iris,

Aux sentiments des fleurs d'amour, — les sensitives
Comme nous, ici-bas en exil et captives, —
Les doigts de quelque fée, en un tissu léger
Aient fondu toutes ces nuances fugitives
Pour parer ce squelette à la vie étranger !
Sur des linceuls j'ai vu des bouquets d'oranger !
Et c'est peut-être ainsi que ce grand muet conte
Sa détresse au Très-Haut, sa pauvreté, sa honte,
Son morne désespoir, — traduisant ses douleurs
En ce langage exquis, et si doux, des couleurs !

A l'horizon brumeux des dentelures roses
Se plaquent sur des fonds suavement moroses,
D'un violet passé, floconnant, spécieux,
Qui semblent trembloter sur la toile des cieux.
C'est qu'au ras du sol nu, miroite, papillonne,
Suit les jeux de la brise et danse, moirant l'air,
Un étrange ferment sans couleur et très clair,
Mais que distingue l'œil, car il vibre et rayonne.
Ce principe subtil déforme les contours,
Allonge ou raccourcit tout objet qui s'élève,
Et sa fluidité, mobile comme un rêve,
Montre aux regards troublés d'étranges alentours !
. . . . . . . . . . . . . . . . . .

Mirage, je te vois ! Par quel divin mystère
Peux-tu donc aussi loin dessiner à grands traits
Ce décor où surgit la beauté de la terre,
Ce paysage exquis, vallonné, plein d'attraits ?
Où prends-tu ces forêts vêtant ces belles îles ?
Ces minarets pointus qui dominent des villes ?

Mon esprit inquiet se demande comment
Tu peins de tels tableaux baignés de firmament!
  O Nature, as-tu donc, ainsi que nous, tes songes?
Et comme nous fais-tu des rêves fortunés?
Mirage, illusion, adorables mensonges,
Éphémères mourant aussitôt qu'ils sont nés!
Rêves, illusions, mirage, tout s'efface!
Je revis à nouveau le colossal espace
Plus désolé, plus triste et plus sauvage encor,
Sous les torrents de feu que versait l'astre d'or!
Plus il était ardent, plus le ciel était pâle.
Et le sable en prenait la teinte camaïeu
Que l'éther estompa d'une buée opale,
Mariant ses pâleurs à ce pâle milieu!
Au silence s'ajoute encore du silence,
Et le sol accablé sous un spasme inouï,
Du cadavre empruntant la mortelle indolence,
Me sembla s'affaisser plus blême, évanoui!...
C'est qu'alors au Nadir, le Temps, rigide et sombre,
Jette un jour moribond à l'éternel granit,
Tandis que le soleil vient d'atteindre au zénith
L'heure où le méhari marche sur sa grande ombre!

Puis le soleil décline au bas de l'horizon,
Lance à cette torpeur un regard léthargique...
Le Désert, apeuré de cet adieu tragique,
Se lézarde soudain dans un dernier frisson!

Et là-haut, tout là-haut, un aigle centenaire
Planait, cherchant un roc pour y bâtir son aire.

Il vit ces sables nus où la Parque s'endort,
Et pris d'une farouche et vague inquiétude,
Il s'éloigna, fuyant l'immense solitude
Où son aile eût troublé le sommeil de la Mort!

. . . . . . . . . . . . . . . . .

# En marche

Les vieux navigateurs armaient leurs caravelles,
Espérant conquérir un continent rêvé.
Nous montons, pleins d'espoir, des chimères nouvelles,
Pour atteindre au bonheur... L'a-t-on jamais trouvé ?

Comme sur le fond d'or d'un bel icone antique
Se détache une image à coloris brillants,
On voit la caravane avancer à pas lents
Parmi les sables roux du grand désert biblique.
    Le vaste sol miroite, et les monts de granit,
Prenant cette pâleur de la rose trémière,
Paraissent confondus, par un jeu de lumière,
Avec le ciel nacré, blême vers le zénith.
    C'est étrangement nu, plus étrangement vague !
L'esprit flotte, éperdu comme sur une vague !
Le réel, à la fois vaporeux et brutal,
Semble fuir, à demi noyé dans l'idéal.
    Parfois je me disais : « Suis-je d'un convoi d'âmes
Glissant vers cet Érèbe aux éternelles flammes ? »
Et tantôt, le certain, implacablement dur,
M'accablait le cerveau d'un défini trop sûr !

Le silence étendait le tapis des tristesses
Sur ce sol où la Mort danse son menuet.
Il regarde passer, impassible, muet,
L'orgueilleux, oubliant d'auner ses petitesses !


Vers le morne lointain, des Arabes du Sin [1],
Dont la race au désert fait remonter son âge
Au temps où les brebis d'Abraham, au pacage,
Broutaient la myrrhe en fleurs sous le vent du khamsin [2],
Conduisaient lentement ma longue caravane.
Or, ce jour-là, le vent soufflait de tramontane.
Elle allait lentement vers ces grands monts du Thor
Qui voilent l'horizon de l'antique Idumée.
Ces monts semblaient surgir d'une mer embrumée,
Mer étrange, immobile et faite de flots d'or.
As-tu voulu, Seigneur, pour qu'il te rende hommage,
Nous montrer d'une mer le colossal berceau ?
Seul tu pouvais fixer de ton divin pinceau,
Sur la toile du monde, une pareille image !
C'était bien le vieux lit d'un ancien océan
A jamais disparu, moulant encor la forme
Du colosse liquide et son courroux géant
Lorsqu'il fut le jouet d'un cataclysme énorme.


1. Sin, le désert du Sin (*Exode*, XVI, § 3) longe le golfe de
Suez jusqu'au Ras-Mohammed. — Ce nom n'est guère usité que
parmi les tribus de la presqu'île sinaïtique. On prononce : Sine.
2. Khamsin : vent du Sud ou simoun. On prononce : kham-
sine. Les troupeaux d'Abraham n'ont pu brouter que dans les
régions supérieures de ce désert du Sin, là où les torrents
momentanés se forment, créant une végétation passagère.

Un Bédouin, maigre et sec, sur le sable vermeil,
Nous précédait, menant une maigre chamelle,
Et les mâles suivaient l'odeur que la femelle
Laissait traîner dans l'air surchauffé de soleil.
    Cet Arabe élancé, presque aussi nu qu'un bonze,
Semblait coulé d'un jet de cette chair de bronze
Qu'un caprice de Dieu, créant le genre humain,
Pour l'âme avait pétri de sa féconde main.
Le port était facile, élégant, et son geste
Me rappela souvent le farouche Annibal,
Le bras tendu, montrant à son frère Asdrubal
La plaine de Zama pour ses armes funeste.

Des tribus du désert le plus célèbre douar [1],
Est celui de cet homme en avant : Sheick Omar.
C'est lui qui va guider la longue caravane,
Tirant par le licou la chamelle sultane [2],
Que suivent les chameaux montés des voyageurs,
Puis ceux de bât, flanqués des Arabes chargeurs.
A pied, son frère Ali, drapé dans une harde,
Et deux Maures armés, forment l'arrière-garde.

Omar était vêtu d'une peau de bélier
Comme l'anabaptiste, et le noir chamelier,

1. Douar se dit de plusieurs tentes réunies en un lieu quelconque du désert ; tentes habitées par des Arabes plus ou moins nomades.
2. Chamelle sultane. Dans les convois de mules, en Espagne, il en est toujours une qui marche en tête et que l'on nomme « mule capitane ». Dans les caravanes, la chamelle offrant cette particularité se désigne par « chamelle sultane ».

D'une corde en testi[1] trois fois cerclant sa tête,
Avait bien l'air de Jean, le terrible prophète.
Si sa vaillance était de la témérité,
La douceur de son âme égalait son courage ;
Mais l'œil devenait fauve et fulgurait de rage
Dès qu'un mot un peu vif effleurait sa fierté.
  Comme un petit enfant, l'Arabe est irascible ;
Pour des futilités, il se met en fureur.
Mais devant l'infortune, un danger, la douleur,
L'homme apparaît et sait être calme, impassible.

Le soleil, en baignant de clartés les haillons,
Les changeait en lampas tramé d'ardents rayons.
De leurs poignards serrés dans des gaines superbes
Dont l'une avait frôlé la main de Soliman,
S'échappent des éclairs en fulgurantes gerbes :
Un feu follet dansait sur un vieux talisman.
  Des tapis de Stamboul, diaprés d'arabesques,
Pendent le long des flancs des montures burlesques,
Émaillent en passant, de leurs vives couleurs,
Les sables du désert et lui prêtent des fleurs.
Certes, oui, ces haillons, ces tapis sont sordides,
Les hommes d'un autre âge et les chameaux affreux ;
Mais dans ce milieu clair, biblique et vaporeux,
Les clinquants de bazar apparaissaient splendides.

1. Testi, corde faite en poil de chameau.

L'œil éprouve, à fixer sur ce sol presque blanc,
Cette fluidité mobile de fournaise,
Une sensation de douloureux malaise :
Tantôt il voit passer comme un voile de sang,
Tantôt de gros points noirs dansent dans la prunelle,
Ainsi qu'un tremblement imperceptible d'aile.
L'environ diminue et le lointain grandit ;
Des vallons évasés portent de longues ombres ;
D'autres, très encaissés, ne sont même pas sombres.
La lumière a des jeux qui laissent interdit !
    Un homme, à l'horizon, se plaque gigantesque ;
La taille du chameau devient d'un long grotesque.
Un jour, je vis au loin un tout petit bélier
Se profiler ainsi qu'un très grand chevalier.


Pareils à des faucheux montés sur des échasses,
Les chameaux allongeaient de longs cous recourbés,
Humant l'air, peu pressés, portant, comme des châsses,
Un faix lourd relevant encor leurs dos bombés.
Ils déployaient un pas presque mathématique,
Très adroitement sûr, en cadence, élastique.
Et le nez, haut arqué, puis brusquement baissé,
Évoque le profil connu de Manassé.
Sur les dunes, la brise, en effritant les crêtes
Faisait par tourbillons voler des embruns roux.
Tantôt la caravane apparaissait aux faîtes,
Tantôt dans les bas-fonds, où quelques blancs burnous
Flottants lui donnaient l'air d'une escadre à la voile,
Qui tangue sur les flots à l'appui de sa toile.

Mais déjà l'horizon s'orange au ciel d'Ophir,
Tandis que l'astre d'or, aigle de feu, s'envole.
C'est la douce Vesprée, et son tendre symbole
Apparaît pâle encor sur un lait de saphir.
Dans un creux de vallon, à l'abri des surprises,
Omar et le drogman font asseoir notre camp ;
Voici le char de l'ombre, et ses cavales grises
Traversent du désert le silence éloquent.


O nuit, nuit du désert, que ta voûte est sublime !
Et combien ta splendeur grandit sa majesté !
Le Job de la nature, éternelle victime,
Sous ton zaïmph astral goûte ta volupté.
Il dort sous ce manteau brodé du fil des mondes !
Et chaque étoile imprime au front du malheureux,
Ses baisers lumineux, ses caresses profondes.
O Désert ! serais-tu de la nuit amoureux ?


Les Arabes, assis près d'un feu qui s'achève,
Fument en écoutant le son des chalumeaux,
Que des bergers perdus, soupirant un doux rêve,
Soufflent pour attirer auprès d'eux leurs chameaux.
Ils sont loin, ces bergers, très loin dans la montagne ;
C'est le pays d'Omar, et le fier chamelier
Leur répond en chantant. Ali vient, l'accompagne
Sur un tam-tam tendu d'une peau de bélier.
Oh ! cet air, qu'il est vieux ! Peut-être Jérémie
Le pleura-t-il jadis sur sa Jérusalem ?
Ou peut-être est-ce un chant de Mésopotamie
Qui berça de Jésus l'enfance à Bethléem ?

Aux accents de ces voix rudes, tendres, plaintives,
Où semblaient tressaillir les fibres primitives
De notre race humaine encor molle des cieux,
Des pleurs déjà pleurés s'échappaient de mes yeux.
Parcourant du regard la belle nuit sans voiles,
Nuit d'azur où se joue un peuple entier d'étoiles,
Je me disais, voyant son fin croissant vermeil :
Qui peut nous regarder sous un sourcil pareil ?...
Laqué par la douceur que la lumière opale
Verse en pluie argentée aux sables, le Désert,
Zébré de rayons d'ambre excessivement pâle,
Se transforme en pays qu'un rêve a découvert.
Il se peuple d'esprits, d'adorables fantômes,
Glissant sur un tapis fantastique de fleurs,
Qui tombent lentement des célestes royaumes...
Chimères, vous savez calmer bien des douleurs !
Et tandis que mon âme, échappée aux mensonges
De nos savants milieux, au sublime étrangers,
Se berçait sur la vague exquise des doux songes,
J'entendis frissonner quelques accords légers.
Des mains de l'inconnu suivant ma caravane,
Yousouf avait saisi la guitare persane
Et chanta, sur le mode antique dorien,
Cette légende éclose au pays syrien :

## La Légende du Lis.

Un ermite au Liban contait beaucoup d'histoires,
« Car il fut autrefois l'un des fiers chevaliers
« Gagnant à Mansourah deux célèbres victoires »..
L'ermite du Liban servait aux Templiers.
Sur son pennon brodé par quelques saintes âmes,
L'archange Gabriel présentait un beau lis
A la Vierge bénie entre toutes les femmes.
Au-dessus se lisait : — Montjoie et Saint-Denis.

Le saint roi ne perdit la bataille dernière
Que lorsque, demi-mort, se traînant à genoux,
Ce guerrier se jeta, pour sauver sa bannière,
Dans le Nil, l'emportant au milieu des remous !
« Sainte Vierge bénie entre toutes les femmes,
« Dit-il, ayez pitié !... Montjoie et Saint-Denis... »
A ces mots, du pennon, l'archange tout en flammes,
Surgissant, lui tendit la tige de son lis !

Et l'ange lui conta : « Lorsque je vins sur terre,
« Par l'ordre du Très-Haut, comme un ambassadeur,
« Au ciel j'avais laissé le présent du mystère !
« Tout prêt à retourner, une superbe fleur
« M'apparut, rayonnant telle une gerbe d'âmes !...
« Offre-la, me dit Dieu, caressant le beau lis,
« A la Vierge bénie entre toutes les femmes !
« — Noël ! dit le soldat : Montjoie et Saint-Denis...

« — Hélas ! dit l'ange en pleurs, près du champ d'asphodèles
« Où je me reposais au pays des pervers,
« Je sentis tout à coup qu'on attachait mes ailes !
« Un être souriant me montra l'univers :
« Je suis l'esprit de Dieu, le principe des âmes,
« Je suis l'amour, dit-il, germe d'où naît un lis,
« J'assiste au doux éveil du rêve au cœur des femmes... »
« — C'est vrai, dit le soldat, Montjoie et Saint-Denis !

— Mais alors le Très-Haut m'ordonna, fit l'archange,
« De prendre dans mes bras l'audacieux Amour.
« J'ai porté cet enfant, et depuis, trouble étrange !
« Je souffre et veux mourir pour aimer à mon tour.
« Car la Vierge, à sa voix, ouvrit son cœur en flammes ;
« Moi je n'eus qu'un regard lorsque j'offrais le lis,
« Lui disant : « Sois bénie entre toutes les femmes !... »
« — Jésus ! fit le guerrier, Montjoie et Saint-Denis ! »

Le Templier priait au pied du Liban sombre,
Lorsque la Mort, passant, lui dit : « Viens ! » Il mourut !
C'était l'anniversaire où, se glissant dans l'ombre,
L'archange Gabriel à Marie apparut !
De son cœur, chaque soir, pousse un beau lis en flammes ;
Vers l'aube l'on entend chanter la fleur du lis :
« Oui, Marie est bénie entre toutes les femmes !... »
Sur la tombe est écrit : « Montjoie et Saint-Denis. »

Yousouf, que les Bédouins nommaient le « Maronite »,
(Sa mère habite encore au pied du mont Liban),
Semblait un marabout ignorant l'eau bénite,
Sous le fez enroulé d'un superbe turban.

Il savait nous charmer en contant ces légendes,
Où la fable païenne, éclose au fond des brandes,
Vient broder un miracle avec un peu d'amour !
Bérangère eût aimé ce galant troubadour.
Jamais je n'oublierai la nuit orientale,
Passée auprès du feu des rudes chameliers,
Qu'éclairait le croissant de la dive vestale,
Donnant à leurs yeux noirs des reflets singuliers !
Fraternité du ciel, de la terre et de l'être !
Les chameaux accroupis reposaient leurs longs cous ;
Chacun d'eux, sur l'épaule immobile du maître,
Se serrait contre lui, par tendresse peut-être...
Et l'homme le couvrait d'un pan de son burnous.
C'était doux comme un chant de harpe dans un rêve,
Ce recul au passé de plus de trois mille ans,
Sous l'égide d'honneur des pauvres musulmans,
Honneur qui me gardait mieux que n'eût fait un glaive !
Ah ! je ne sentais plus peser la cruauté
De nos milieux haineux, savants d'hypocrisie !
Du désert j'ai vécu la noble poésie,
Avec des gens très fiers d'aimer la loyauté.


Ainsi devaient camper et vivre leurs ancêtres,
Lorsque Moïse, alors le berger de Jéthro,
Pieds nus, couvert comme eux d'une peau de chevreau,
Rêvait pour Israël le joug de ses grands-prêtres.


✻✻✻✻

# Au Sinaï

Les hommes étaient morts dans le combat suprême
Qu'ils venaient de livrer au puissant créateur,
Après l'avoir sommé, dans un dernier blasphème,
De supprimer le mal et tuer la douleur.
    Son tonnerre n'avait épargné que les femmes.

. . . . . . . . . . . . . . . . . . . . . .

Voulant venger l'époux de ce crime inhumain,
Féroces, leurs cheveux dénoués, traits en main,
Elles allaient combattre à coups de chairs et d'âmes !
    De son dernier enfant, pour frapper le Très-Haut,
La mère avait armé sa redoutable fronde,
Et la vierge arc-boutait sa taille souple et ronde,
Afin de mieux bondir en montant à l'assaut.
    Par bataillons serrés, masses léviathanes,
Dieu put voir s'avancer les farouches Titanes
Hurlantes de fureur, brandissant leurs épieux,
Toutes prêtes à mordre et déchirer les cieux !

. . . . . . . . . . . . . . . . . . . . . .

Près d'être souffleté par d'humaines entrailles
Qui tournoyaient déjà, pantelantes mitrailles,
Ayant assez versé le sang, Adonaï
Pétrifia leurs rangs... De là le Sinaï.


Tel fut de mon drogman, un chrétien maronite,
Mais philosophe outré, quelque peu démonite,
Le récit curieux qu'il me fit, gravissant
Les premiers contreforts de ce groupe imposant.


C'est une belle horreur que cette masse inerte,
Titanesque charnier devenu tout à coup
Chaîne de monts déserts sur la plaine déserte
Par un geste de Dieu, le fossilant d'un coup !
Les corps amoncelés de cet affreux carnage,
Empierrés, puis rongés par la lèpre du temps,
N'offrent plus qu'un fouillis colossal, et son âge
Remonte à des milliers de mille et de cent ans.
Mon guide me disait : « Voyez-vous leurs mâchoires,
« Gigantesques débris dentelant l'horizon ?
« Le granit porte au flanc de larges taches noires
« Comme en ont les lambeaux des chairs de venaison.
« Vous marchez sur les os des épines dorsales
« De celles qu'autrefois fit vibrer le désir ;
« Nous suivrons bien longtemps de tortueux dédales
« Dans leurs ventres, jadis fécondés d'un plaisir !
« Mortel, viens en ces lieux, tombeaux d'humaines sèves ;
« Viens penser, réfléchir, caresser tes doux rêves.
« Sous le poignet de fer de la fatalité,
« Comment peux-tu prier ce Dieu tant redouté,

« Toi, le jouet passif de l'œuvre créatrice?

« Toi, le pâle damné de son cruel caprice ?

« Dieu voulut l'univers, il avait l'infini.

« Il dut pour le peupler semer sa propre essence,

« Sans songer que sa loi de haine et de souffrance

« Commanderait demain la révolte au banni !

« Il n'avait pas songé que chaque molécule,

« Chaque atome, privés du foyer précieux,

« Voudrait de son exil remonter vers les cieux.

« Pour l'atteindre, un ciron fait des travaux d'Hercule !

« L'Humanité, Seigneur, n'eut-elle pas raison

« De vouloir, comme un fils qu'a chassé le vieux père,

« Revoir le doux pays où le proscrit espère

« Le baiser du retour dans l'antique maison ?

« Mais comme un voyageur, trompé par le mirage,

« Qui tombe exténué sur les sables roussis,

« Sans aborder jamais les vertes oasis,

« Le monde eut contre Dieu son premier cri de rage !

« Ah ! tout légitimait la fureur du Titan,

« Précédant la révolte énorme de l'archange !

« L'esprit, banni du ciel, se débat dans la fange ;

« Quelques voix de damnés nomment Dieu charlatan !

« Entendez-les clamer du fond de leur abîme :

« Le monde entier toujours fut un souffre-douleurs !

« La vie est un forfait, l'innocence est un crime ;

« Les yeux ne sont ouverts que pour verser des pleurs !

« Affolé, votre Dieu ne connaît plus sa route ;

« Il se perdit le jour qu'il poussa l'âme au mal ;

« Oui, son éternité touche à la banqueroute ;

« Son univers chancelle, affamé d'idéal !

« Il cherche à se sauver par la mathématique.
« Ah! ne le prions pas, laissons-le calculer
« Une courbe savante, une orbe fantastique,
« Obligeant l'infini sans cesse à reculer!
« Qu'il ordonne aux soleils de labourer l'espace,
« Pour semer aux sillons du ciel l'astre nouveau.
« L'orgueilleux voit-il pas que tout s'effondre et passe...
« Que cette immensité fait craquer son cerveau?
« Puisqu'il ne peut mourir, qu'il pleure sur la tombe
« Où sa création aboutit à l'égout!
« Stupéfait de son œuvre, accablé de dégoût,
« Sur ce cloaque impur, qu'il glisse et qu'il y tombe !

. . . . . . . . . . . . . . . . .

« L'homme, ajouta Yousouf, accuse avec raison.
« Il existe un seul Dieu, comme il n'est qu'un principe.
« Le Créateur n'a pu que féconder son type ;
« Le monde issu de lui, l'être est sa floraison !
« Il créa ; mais, à peine heureux en son caprice,
« Il vit que son essence avait ce vice inné
« De croître... Or un enfant, aussitôt qu'il est né,
« Peut-il, dites-le-moi, rentrer dans la matrice?
« Cet enfant grandissait. Qu'allait-il devenir?
« Dieu, tu n'as pas prévu ce qu'il allait souffrir
« Sur la triste planète, et que bientôt la flamme,
« Ce souffle essentiel que nous appelons âme,
« Allait te demander (elle émane de toi)
« Compte de sa naissance et te crier : Pourquoi?
« Pouvais-tu dire non à l'être qui chancelle
« Et renier ainsi ta divine étincelle?

« Pouvais-tu le blâmer s'il voulait te revoir ?
« Pouvais-tu le blâmer s'il cherchait à savoir ?
« Que peux-tu reprocher à qui souffre quand même,
« De par ta volonté, le mal et la douleur ?
« Il faut d'abord aimer si l'on veut qu'on vous aime ;
« Il faut savoir fléchir à la voix du malheur !
« Ce mal, s'il n'est de toi, de qui donc peut-il être ?
« S'il existe un pouvoir, une force, un autre Être
« Capable de braver ta puissance et ta loi,
« Ah ! dis-le, nous saurons le dompter avec toi !... »

Comme il parlait ainsi, ma lente caravane
Côtoyait d'un ravin les sinueux détours.
J'aperçus tout à coup sur un roc en dos d'âne
Une femme portant de singuliers atours !
Ses cheveux dénoués encadraient un visage
Qui me parut flétri par la douleur et l'âge.
Il peignait du destin la rude cruauté ;
Le profil conservait une grande beauté.

Debout sur ce rocher, dominant la descente
De ce passage étroit, malaisé, dangereux,
Cette femme fouilla d'un regard douloureux
Notre groupe et sourit, vaguement grimaçante.
« Ah ! Fatime ! » exclama, courroucé, le drogman.
Et je le vis, nerveux, toucher son talisman !
— Holà ! maître penseur, avez-vous la faiblesse
« De croire au mauvais œil, que je vois votre main
« Caresser le corail d'un fétiche romain ?
« — Je crois au fait probant, constaté, qui me blesse

« Ou me cause une joie ! Or jamais, non, jamais,
« Je n'ai pu traverser le ravin de Fatime
« Sans que la mort ne frappe un être que j'aimais :
« Mohammed, mon enfant, Mansour, ce cœur sublime ;
« Sans avoir à souffrir des climats inconstants,
« Que ce fût en été, plein hiver ou printemps ! »
Puis Yousouf ajouta :

                    « Jadis, cette Fatime
« Prit pour amant Ahmet, un pauvre chamelier
« Que son père, âpre au gain, orgueilleux cavalier,
« Refusa d'agréer comme époux légitime.
« — Tu veux ma fille, Ahmet, dit-il, va t'enrichir ! »
« Et l'amoureux partit pour les pays d'Ophir.
« Il n'est pas revenu ! mais Fatime, bercée
« De son rêve éternel d'heureuse fiancée,
« Vient ici, sur ce roc, depuis plus de trente ans,
« Demander son Ahmet à chaque caravane !...
« Tout s'écroule et tout fuit, tout pâlit et se fane :
« Que d'amis j'ai perdus depuis vingt ramadans !... »


Le tournant à l'embûche ou l'attaque est propice !
Ce n'est pas sans danger qu'un pied humain parcourt
Ces ravins où la Mort trame son piège sourd ;
Tout sentier suit les bords de quelque précipice.
Or celui de Fatime est, non pas sans raison,
Redouté pour sa rude et sombre inclinaison.
L'étroit passage fuit sur l'ardoise glissante ;
Les chameaux effarés n'avancent qu'à tâtons,
Tandis que les Bédouins se servent de bâtons.
Un faux pas, c'est la mort ; sa bouche est là béante !

. . . . . . . . . . . . . . . . . . . . .

A ceux qui vont risquer de se rompre les os,
Le chef de caravane accorde un long repos.
Nous étions descendus de nos rudes montures
Près du roc de Fatime, où se trouve en retrait
Un terre-plein uni, pratique aux temps d'arrêt;
Il passe pour couvrir d'antiques sépultures.
L'œil embrasse à la fois le chemin parcouru,
Un lacet de celui que l'on doit entreprendre...
Je cherche en vain Fatime, elle avait disparu.
   Tout à coup, près de moi, sa voix se fit entendre.
Elle poussait des cris de pauvre vieux pinson;
Ses yeux, mouchetés d'or comme ceux des panthères,
Fixaient sur le sentier quelques retardataires.
Soudain, elle entonna cette étrange chanson :


## La Chanson de la Folle.


   Oui, mon amour conduit ta caravane,
   O mon Ahmet, sur le sable vermeil.
   Il te ramène aux pieds de ta sultane;
   Sa torche ardente obscurcit le soleil!
   Tu l'as donc vu comme un fanal de hune
   Briller aux cieux, mon cœur tout pantelant,
   Que je pendais le soir, en chancelant,
     Par un fil de la Vierge à la lune !

Je me disais : S'il voit que sa maîtresse
Souffre en damné qui se ronge le flanc,
Il reviendra placer, avec tendresse,
Dans son écrin ce rubis de mon sang !
Voilà pourquoi de cette haute dune
Je suspendais, lui montrant le chemin,
Mon pauvre cœur, d'une tremblante main,
    Par un fil de la Vierge à la lune !

Et l'on riait, disant : « Fatime est folle
De pendre ainsi son âme au firmament ! »
Telle aime un roi, telle adore une idole.
Mon culte à moi, c'est Ahmet, mon amant.
J'ai vu couper plus d'une tresse brune
Pour accrocher des cœurs d'or au saint lieu...
Je pends le mien, mon amour est mon Dieu,
    Par un fil de la Vierge à la lune !

Le Temps, hélas ! nous emportait ensemble ;
Je devins vieille, Ahmet devenait vieux.
S'il retournait, disais-je ! Allah ! je tremble
Que ce ne soit pour me fermer les yeux !
Mort, frappe-moi ! Quelle douce fortune
Si, de sa main, il creuse mon tombeau,
Là, sous ce cœur, qui pend comme un lambeau
    Par un fil de la Vierge à la lune !


Sur le haut du sentier apparut le vieillard
Qui nous suivait depuis les sources de Moïse.
Fatime, frissonnant comme un jonc sous la brise,
Embrassa son Ahmet qui revenait trop tard.

C'était lui! Dans ses bras et d'une étreinte ardente,
Comme un petit enfant, il la prit... expirante,
Ne prononça qu'un mot : Fatime!... et tomba mort.

. . . . . . . . . . . . . . . . . . .

Éternelle ironie implacable du sort!

. . . . . . . . . . . . . . . . . . .

Ils dorment tous les deux sous cette roche brune
D'où Fatime accrochait, disait-elle, à la lune
Son pauvre cœur meurtri, fidèle à ses amours;
Ils dorment dans la mort, enlacés pour toujours!

. . . . . . . . . . . . . . . . . . .


Au Caire, on m'avait dit : Yousouf personnifie
Le type du drogman honnête et courageux.
Il n'a qu'un seul défaut : trop de philosophie!
Lorsqu'on le contredit, il devient ombrageux.
On l'aime en le craignant, au désert arabique,
Depuis le Sinaï jusqu'au golfe Persique.
Prenez-le; l'homme est franc, habile, souple, adroit.
Penser comme on l'entend, après tout c'est un droit.


La bonté de son âme était dans son sourire.
Que de fois je l'ai vu s'en aller, sans rien dire,
Secourir les tribus qui souffraient de la faim!
Il eût donné ses jours comme il donnait son pain.
Hors de la polémique, il était très modeste;
Cependant il avait la main nerveuse et leste,
Des façons de pandour, la voix d'un lansquenet,
La tête, comme on dit, assez près du bonnet.

Yousouf, après avoir fait mettre sur la tombe
Creusée au pied du roc qui domine et surplombe
Le « ravin de Fatime », un amas de granit [1],
Prononça ce discours en fixant le zénith :
« Dors en paix, pauvre femme, et que ta chair unie
« A la chair de l'amant se transforme en génie
« Impitoyable et fort ! Non plus un Rédempteur
« Qui vienne encor berner l'homme avec l'espérance,
« Mais l'être qui saura venger notre souffrance
« Et, d'un coup d'âme au front, tuer le Créateur !... »

. . . . . . . . . . . . . . . . . . .

. . . . . . . . . . . . . . . . . . .

Lorsqu'il eut adressé cette oraison funèbre
Plus à Dieu qu'à Fatime, en termes singuliers,
De sa voix mâle et brève, il dit aux chameliers :
« Enfants, vous savez tous que ce pic est célèbre
« Par les pièges qu'y tend Mohammed-ben-Gadour.
« Prends deux hommes, Ali, commande l'avant-garde.
« Près du Saut du Chacal, ouvrez l'œil, prenez garde ;
« C'est l'endroit préféré de ce maudit vautour !
« Vous autres, pas un chant ! Au premier cri d'alarme,
« Entravez les chameaux... On oublie un couffin.
« C'est encor toi, Maleck !... Omar, avec ton arme,
« Ne vise pas trop haut, elle a le guidon fin.
« En route, mes enfants ! nous camperons, j'espère,
« Ce soir, et sans encombre, au val du Mimosa.

1. Coutume arabe, au désert, pour empêcher les fauves de
déterrer les cadavres.

« Qu'Ali, le plus ancien, comme on fait à Gaza [1],
« Vous impose les mains et vous bénisse en père.»

Cette mort, ce discours, cet homme bénissant
De pauvres chameliers sur le plateau sauvage,
Au sommet de ces monts enfantés d'un ravage;
Le dantesque chaos, étrange, saisissant,
Des rocs accumulés par des coups d'avalanches
Et qui tremblent encor de ces tempêtes blanches;
Ce tumulte muet, comme glacé d'horreur,
De la stérilité de sa propre fureur;
Puis la pénible marche, aventureuse et lente,
Contournant ces rochers qui semblent suspendus
Sur l'abîme sans fond, où la voix miaulante
Des fauves roule au loin, par les sentiers perdus;
Ce spectacle imposant est de ceux que la vie
Nous offre rarement, que jamais on n'oublie!

Nous marchions prudemment. Yousouf, très soucieux,
Craignant d'être surpris par Gadour ou l'orage,
Allait, venait, perplexe, actif, audacieux,
Pressant les chameliers. — « Comprenez-vous ma rage,
« Me dit-il, contre Dieu! Parlons de sa bonté!
« Tuer le vieil Ahmet et sa pauvre Fatime!
« Je le hais, ce Très-Haut; ma haine est légitime...
« C'est un vil attentat, un forfait éhonté!

1. Vieil usage conservé à Gaza. Le plus ancien de la caravane, lorsqu'elle doit passer dans un endroit réputé dangereux,
bénit, en évoquant le nom d'Allah, les voyageurs et les chameliers. Si c'est un voyageur musulman qui est le plus âgé, c'est lui.

« Pas de pitié pour nous! Jamais il ne se lasse!
« Son bras frappe toujours, même au fond des déserts!
« Priez, prosternez-vous, la Providence passe;
« Forçats de l'Éternel, ôtez vos bonnets verts!... »


L'écho d'un coup de feu se fit alors entendre.
« Gadour attaque! Allons! » — Et je vois l'imprudent
S'élancer et courir, glisser, tomber, s'étendre,
Et s'abîmer enfin dans le gouffre béant!...
Je m'élance à mon tour, sur le bord je me penche...
Il avait, dans sa chute, étendu les deux mains,
Rencontré par hasard une très faible branche
Qui craquait sous le poids des efforts surhumains!
L'homme fut intrépide, héroïque et superbe
De calme et de sang-froid! C'était presque un brin d'herbe,
Cette branche pliant sous un fardeau si lourd!
Et déjà je sentais diminuer ses forces,
Tandis qu'entre ses doigts s'effritaient les écorces!
« Ils s'injectent, mes yeux, dit-il, je deviens sourd!
« Jetez-moi vite un bout de turban, de ceinture,
Ou des fauves ce soir Yousouf est la pâture!
A ce moment, Omar accourait éperdu.
Il plante, entre deux rocs, son poignard jusqu'au manche,
L'enroule d'un licou, se coule sur la hanche
En le tenant serré... Le voilà suspendu!
« Pesez sur l'arme en biais », me dit-il, et l'Arabe,
Le long de ce rocher, s'accrochant comme un crabe,
Glisse, et je vois sa main atteindre le drogman,
Le saisir à propos par un bout de dolman.

.     .     .     .     .     .     .     .     .     .     .     .     .     .     .     .     .

Et cet homme éleva cet autre homme en détresse,
A force de poignet, à hauteur de son corps!
Mais Yousouf haletait!... Omar lui dit alors :
« Saisis entre tes dents mon mahomet, ma tresse,
« Sur mon jarret plié, comme à cheval tiens-toi... »
Et bientôt tous les deux s'étendaient près de moi.

Lorsqu'ils eurent vidé ma gourde tout entière
Qui contenait le suc d'un cordial puissant,
Yousouf se mit debout. De sa voix familière,
Il me dit : « Ce rocher est, ma foi, bien glissant!... »

. . . . . . . . . . . . . . . . . . . .

Ce soir-là, près d'un feu, nos gens de caravane
(Yousouf leur avait fait servir un gros bélier)
Riaient d'ouïr Omar conter qu'un chamelier
Avait été jadis l'amant d'une sultane!

# L'Ouragan

« C'est écrit, c'est écrit... Au diable leur Coran !
« Me dit Yousouf rageur, mais d'une voix très grave.
« Voyez-vous ce garçon ? Je le proclame un brave.
« La neige, paraît-il, couvre le « val Feiran ».
« Son père, un chamelier, qui nous passa dimanche,
« Habite sous sa tente, au pied du mont Serbal.
« Hier, il vit tomber une énorme avalanche
« Qui ferme de ses blocs le waddy du Sabal [1].
« Cette nuit, par un temps d'affreuse tramontane,
« Il appela son fils : « Tu sais, la caravane
« De Yousouf doit entrer, dès le proche matin,
« Dans le val de la Myrrhe ; un malheur est certain !
« Va, cours le prévenir. » Ce jeune téméraire
« Avait à redouter le gouffre et la panthère !
« Tomber, vous l'avez vu, n'est pas drôle en plein jour !
« Mais la nuit !... Jeune et seul !... Pâture de vautour !

1. Waddy, vallon ou torrent. — Sabal, palmier.

« Affirme le dicton... Mais, par reconnaissance
« (Je l'ai, cet an dernier, tiré d'un mauvais pas),
« Sélim part, nous prévient, Allah le récompense !
« Que tenter « le Feiran », c'est risquer le trépas !
« Par le vallon d'Esh-Cheick s'ouvre un libre passage ;
« Mais je crains un désastre !... Écoutez donc ce vent
« Rugir au loin !... Partir ne me semble pas sage ;...
« Rester est périlleux !... Et c'est loin, le couvent !... »

« C'est écrit, dit Omar, consulté ; la tempête
« Va sévir. Observez ce que font les chameaux !
« Inquiets, vers le sol ils allongent la tête,
« Gémissent, hument l'air en soufflant des naseaux.
« Vois, le Serbal se couvre et le vent se lamente.
« Lève le camp, Yousouf ; c'est un coup de tourmente !... »

Des nuages hâtifs, diaphanes et roux,
Balayant le zénith de l'azur gris, très pâle,
Se massaient vers le Nord embué, presque opale.
Le sable, voltigeant, piquait comme des clous...
Nous marchions deux par deux, lentement, en colonne,
Lorsque soudain, brutal, un coup de vent passa :
« Mauvais ! dit le drogman, le typhon nous talonne.
Par bonheur, nous touchons le roc du Mimosa. »
Ce rocher s'arc-boutait au flanc d'un pic énorme
Sur lequel, en effet, de malingres buissons,
Rabougris et pointus en dos de hérissons,
Croissaient sur le sommet de cette masse informe.
Son pied, creusé, limé par les soubermes d'eaux,
Sans doute en ce vieux temps qui subit le déluge,

Offrait un lieu couvert, large et profond refuge
Où s'abritent parfois quelques maigres troupeaux.
L'air dense et trop chargé de fluide électrique,
Ayant ce goût amer d'âcreté phosphorique,
Pesait sur tous les fronts ainsi qu'un casque lourd !
Au lointain, j'entendis un bourdonnement sourd :
C'était comme un tumulte indéfini de houle,
Un effroi de troupeau qui fuit dans les pampas,
Ou le bruit prolongé de quelque immense foule
Qui s'avance, hâtive, amortissant ses pas...

Tout à coup le ravin oscilla... Formidable,
Hurlant ainsi qu'une hydre immense, l'Aquilon
Lança son avant-garde à l'assaut du vallon.
La lutte commençait furieuse, implacable !
Des séjours souterrains une étrange rumeur,
Frisson d'âme du sol redoutant tout orage,
S'ajoute à la profonde et lugubre clameur
Comme au courroux des flots les cris d'un équipage ;
Et cette voix, pareille aux plaintes des tombeaux,
Grossissant tous les bruits rauques de la rafale,
Déroule une fanfare énorme et triomphale
Sur les monts que le vent voudrait mettre en lambeaux.

De quel fer est ton crâne, ô terrible tempête,
Pour éventrer leurs flancs d'un seul coup de ta tête ?
Dans quel acier as-tu trempé ton yatagan,
Irascible bourreau, formidable ouragan,
Pour fendre ainsi leurs fronts rayonnants et sublimes ?
Mais ne vois-tu donc pas que ces altières cimes

Roulent en fracassant, de leurs chocs de béliers,
L'armure de granit de ces hauts chevaliers?...


Des gigantesques rocs qui défiaient la foudre;
Des quartiers de granit qui menaçaient les cieux,
Désertant les sommets d'un bond prodigieux,
Soulevaient en roulant des colonnes de poudre.
Ainsi que des marteaux d'un formidable poids,
Sur les fonds tortueux de ces gorges sauvages,
Impassibles témoins des plus rudes ravages,
Ils s'abattaient si lourds que j'entendis les voix
Des êtres endormis dans leur sommeil fossile
Rugir, ainsi qu'un fauve au réveil indocile!
Ces rocs pulvérisés en des chocs inouïs,
Par gerbes de morceaux sifflant comme des balles,
Laissaient traîner dans l'air des frissons de cymbales,
Des plaintes de blessés, râlant évanouis!
    C'était l'illusion du combat des Titanes
Que le drogman Yousouf aimait à raconter;
C'étaient bien leurs longs cris, lorsque les os des crânes,
Brisés d'un coup mortel les faisaient éclater.


L'écho tumultueux des vastes solitudes
Sembla rouler des cris, des « han » de multitudes,
Des hoquets de sanglots, des froissements de fér
Que le lointain fondait en des clameurs d'enfer!
    Soudain, comme un lutteur qui retient son haleine
Et se ramasse en soi pour le suprême effort,
La tempête se tut, rebroussa vers la plaine
Pour reprendre son vol que suit l'œil de la mort!

Le silence régna, ce silence terrible
Qui cloue au sol pierreux tout l'être frémissant,
Comme si l'on sentait là-bas, dans l'invisible,
La trahison germer en des sillons de sang.


Les chameaux, effarés, bavaient, creusant la terre !
Nos hommes, accroupis dans l'immobilité,
Rêvaient, presque insolents d'impassibilité.
Pour eux, c'était écrit là-haut, dans le mystère !
Yousouf me dit avec son air sentencieux :
« C'est l'éternel combat que la mort à la vie
« Livre, pour le plaisir de l'Entité ravie
« D'offrir un tel spectacle aux habitants des cieux !... »


Mais alors, comme au son du clairon de bataille
Qui réveille en sursaut les guerriers endormis,
Lorsque la garde au loin a vu les ennemis,
Du Nord, plus furieux, de formidable taille,
L'invincible ouragan, chevauché par la Mort,
Revint en tourbillons !... Dans son poing qui se tord,
Il saisit brusquement un colosse de pierre,
Le plus altier des monts, qui touchait presque aux cieux,
Le soulève au zénith comme un grain de poussière,
Le mutile, l'achève et passe, dédaigneux...


Il passa, comme un train ! Mais sa trombe emportée,
Cette cavale usant, dans sa rage indomptée,
De la foudre en courroux, l'éperon des éclairs,
Déchira sans pitié la dentelle des airs !...

Il massacrait au loin, lorsque la tête énorme
Du gigantesque mont, frappé par sa fureur,
Vint s'abîmer au pied de ce rocher difforme
Qui nous chaperonnait... et nous glaça d'horreur !

Gongs, tarabast, tambours et fracas du tonnerre,
Mitraille crépitante au milieu des combats,
N'est qu'un soupir auprès du bruit que rend la terre
Sous le choc qui la fit voler en mille éclats !...

Tel un bronze annonçant la bataille perdue,
L'écho, l'âme des monts exprima tour à tour
Le râle du géant aux pays d'alentour
Et le sanglot des rocs épars dans l'étendue !...

. . . . . . . . . . . . . . . . . . . .

Le val vibrait encor ! Quelques taches d'azur
Vinrent trouer du ciel le rideau presque opaque.
« Par Allah ! dit Yousouf, c'est la fin ; mais tout craque !
« Ébranlé, le rocher n'est plus un abri sûr !...
« Hâtez-vous, enlevez aux chameaux leurs entraves,
« Et fuyons, mes enfants !... » Silencieux et graves,
Car le sol frissonnait par longs spasmes nerveux,
Comme un corps secoué de soubresauts fiévreux,...
Les Bédouins maîtrisaient leurs bêtes affolées
Par les coups souterrains où grondaient des bruits sourds
Qui s'élevaient des tas de roches écroulées,
Marchaient, tâtant le sol avec leurs bâtons lourds !
Il fallut le sang-froid, la bravoure savante
De ces hommes si durs, et l'intrépidité
Des animaux rompus à l'insécurité
Pour ne pas succomber dans la vaste épouvante.

Le vallon, hérissé de granits menaçants,
N'était plus devant nous qu'un sombre labyrinthe.
On peut être vaillant et pâlir d'une crainte,
Lorsqu'on marche à tâtons sur des rochers glissants !
Téméraire, Yousouf éclairait l'avant-garde
Avec deux chameliers nous frayant un chemin...
Omar m'avait prêté l'appui sûr de sa main.
Brusquement il s'arrête, inquiet !... Je regarde...
Le vent d'un escadron de rafale passa !...
Comme un féroce adieu de la rude tempête,
Il roulait, fracassait, précipitait du faîte,
Tout au fond du ravin, le roc du Mimosa !...

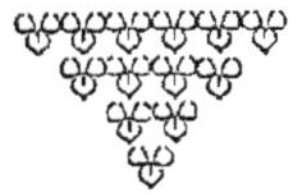

# Le Couvent

Rude fut notre marche au milieu du dédale
Des ravins saccagés par l'ouragan vandale!...

Toujours un peu penché sur l'éternel pourquoi,
Yousouf accablait Dieu de terribles reproches,
Lorsqu'au loin j'entendis un son grave de cloches.
— Écoutez-les, drogman, ceci prouve une foi? —
— Ou de l'insanité », me dit-il, « croyez-moi! »
Et bientôt, tout au fond d'une gorge sévère,
Que flanquaient de hauts pics en granit roux et noir,
Où j'aperçus des croix comme sur un calvaire,
Se dressa, masse énorme, un antique manoir.

Il faisait presque nuit. Le vallon déjà sombre,
S'obscurcissant encor sous les voiles de l'ombre,
Flottait dans une brume olivâtre. Le vent,
Embouchant à nouveau son clairon de tempête,
Fit perdre à nos Bédouins le sentier et la tête :
Il fallait renoncer à gagner le couvent!

Puis la neige tomba drue, épaisse, aveuglante,
Mêlée à du grésil qui vous rayait la chair ;
Près d'un roc je m'assis dans une eau ruisselante.
Au prix où Dieu le vend, le paysage est cher !
Un Arabe, envoyé par nous en découverte
Revient avec un moine, un aimable luron
Qui portait un falot au cuir du ceinturon ;
Et bientôt, grâce à lui, par la poterne ouverte,
Seul accès permettant l'entrée au voyageur,
On nous fit pénétrer sous le toit du Seigneur.
Mouillé, rompu, transi, secoué par la fièvre,
Sur un divan très dur je tombai de sommeil.
Ai-je rêvé de Dieu, du diable ou du grand lièvre ?
Je ne sais : je dormis douze heures, sans réveil.


La neige avait couvert de sa mantille blanche
    Les hauts sommets du Thor ;
Le soleil caressait la future avalanche
    De ses longs rayons d'or.


Cette hermine en l'azur semblait l'apothéose
    De toutes les candeurs,
Et je la vis rougir comme fait une rose
    Sous ces vives ardeurs.


Ces pics majestueux où l'orage qui passe
    Aiguise ses éclairs,
Avant de traverser dans l'horreur de l'espace
    La cuirasse des airs,

Escaladaient les cieux comme la théorie
                    Ou la procession
Des rois mages, géants qui vont prier Marie,
                    La reine de Sion.

Dans ce val où, chassés des lointaines campagnes,
                    Les aigles font leur nid,
Le monastère dort au pied de trois montagnes,
                    Documents de granit.

Ces colosses ont vu la première victoire
                    De l'homme audacieux,
Qui grava son grand nom au marbre de l'histoire,
                    Comme allié des cieux.

Ces trois pics ont jadis entendu la prière
                    Du prophète assassin [1],
Que l'écho répétait, faisant vibrer la pierre
                    Comme au bruit du tocsin !

Les voir, c'est feuilleter le livre de l'Exode,
                    Et l'on voudrait au moins
Que l'un d'eux racontât le célèbre épisode
                    Dont ils furent témoins.

L'âme humaine est un luth, sa corde enchanteresse
                    Vibre au vol du désir ;

1. *Exode,* chap. II, § 11 et 12 : « Et il arriva en ce temps-là, lorsque Moïse fut devenu grand... Et ayant regardé çà et là, et voyant qu'il n'y avait personne, il tua l'Égyptien et le cacha dans le sable. »

Chante ou sanglote, dès que le passé se dresse
    Au seuil de l'avenir.

C'est l'autrefois vécu, c'est le présent qui pleure,
    C'est le germe futur,
C'est notre éternité; c'est tout ce qui demeure
    Dans l'immuable azur!

C'est ainsi qu'en voyant un colosse de pierre
    Pour la première fois,
L'homme mûr sent des pleurs monter à sa paupière
    Comme au son d'une voix!

Il tressaille inquiet! C'est l'âme qui découvre,
    Qui vient d'apercevoir
Un site aimé jadis et de bonheur s'entr'ouvre
    Au charme du revoir.

Telle était la pensée et tel était le rêve
    Qui me berçaient, avant
D'avoir au Sinaï, près du mont qui s'élève,
    Vu surgir le couvent.

Hélas! je n'ai connu que l'angoisse suprême
    D'un mensonge vanté,
Et senti brusquement avorter le poème
    Dans la banalité!

Les moines, certes, m'ont paru d'assez bons diables,
    Point inhospitaliers;
Mais leur Bible m'endort ou m'indigne, et ses fables
    Sont de bons oreillers.

Rhéteurs qui vous plaignez du cynisme des masses,
    N'ont-elles pas raison ?
Vous égariez la foule, et ces âmes sont lasses
    De la vieille chanson !


Justinien-César (je cite mes exemples)
Adorant Jésus-Christ après Théodora,
Pour ce Dieu que le peuple, à son tour, adora,
Dressait un peu partout des temples et des temples,
Et l'on reste étonné, pas encore ébloui,
Que l'un d'eux soit toujours debout au Sinaï.


Un peu plus d'un arpent clos de murs pittoresques
Pris sur l'étroit ravin que forment gigantesques
Les monts Mouça, Horeb, Ed-Daïr, tous les trois [1]
De la chaîne arabique incontestables rois.
Cet espace est peuplé de tremblantes masures,
Très basses, à toits plats et solives peu sûres,
De minuscules cours reliant par gradins
Des passages voûtés, merveilles d'artifice,
Qui s'ouvrent çà et là, tantôt sur l'édifice,
Tantôt sur des hangars ou de petits jardins :
Le tout heurté, de biais, enchevêtré, bizarre ;
Dédale singulier, artistique et barbare.
Tel un village ancien de clients d'un château
Que l'œil, d'abord blessé, finit par trouver beau.


1. Mouça, Moïse ; — Horeb, cette montagne est désignée par
les Arabes : Safsafeh, qui veut dire tête du saule ; — Ed-Daïr,
du couvent.

Mais ici le client règne en seigneur et maître :
C'est le moine. Ils sont vingt. Leur baron est au ciel.
Ce frelon de l'abeille exige peu de miel,
La prière. A tel compte on peut bien se soumettre.
Non loin d'un minaret qui s'arrondit en œuf,
Par-dessus les toits bleus d'une mosquée antique,
Se dresse un lourd clocher ajouré, presque neuf,
De style indéfini, mais plutôt prosaïque.


Derrière, en contre-bas, un portail sous auvent
Me parut précéder l'église du couvent;
Car je ne distinguais que sa toiture à pentes,
Couverte de plomb mat, abritant ses charpentes,
Un pan de mur massif, et le creux du narthex
Où le brun des granits imitait le silex,
Sans pouvoir supposer que ce toit métallique
Protégeait les trois nefs d'un corps de basilique.
De même qu'en voyant, mal crépie à la chaux,
Une basse bicoque à volets, vert pastèque,
J'étais loin de penser que la bibliothèque
Moisissait en ce lieu dépourvu de chéneaux!


Je restai tout surpris lorsque je vis ces salles
Suinter le salpêtre, et des gens curieux
Imprimer sans remords leurs horribles doigts sales
Sur le riche vélin des livres précieux!...
Voilà, dis-je, en suivant le long chemin de ronde
Qui borde à fleur d'appui la base des créneaux,
Voilà donc ce couvent renommé dans le monde...

« — Il a subi jadis de furieux assauts, »
« Interrompit un moine à la voix bredouillante.
« Nos aînés bataillant pour l'autel et ses droits,
« Ont souvent des remparts versé l'huile bouillante
« Sur l'infidèle impur qui bravait cette croix. »
Et sa main me montrait une double bannière
Qui flottait, orgueilleuse, au sommet de la tour ;
Mais alors sur la croix, près d'une meurtrière,
Vint voler et s'abattre un superbe vautour...


Certe, en voyant les murs de ce beau monastère,
Le Christ eût demandé : « Qui demeure en ce lieu ? »
Un prince, un potentat, quelque grand de la terre ?
Non, Jésus ! ce château, c'est la maison de Dieu :
Une maison de Dieu bâtie en forteresse
Au milieu du désert, de monts âpres et nus,
Où quelques prêtres grecs, faussement ingénus,
Passent de trop longs jours à traîner leur paresse !
Il se serait enfui, maudissant les trésors
Qui les ont avilis dans le corps et dans l'âme.
Il aurait renversé ces lampes dont la flamme
Danse orgueilleusement sur le marbre et les ors.
Il aurait refusé les hâtives prières
De ces moines distraits fouillant leurs tabatières,
Ennuyés, reprenant parfois à l'unisson
Le chant de quelque psaume en final d'oraison ?

L'un d'eux me conduisit, en faisant sur les dalles
Sonner le marbre blanc du cuir de ses sandales,
Auprès d'un vieux cercueil tout lamé de vermeil.
« Don royal de la grande et célèbre czarine » ;
Et l'antique tombeau, plus luisant qu'un soleil,
Contient les ossements de sainte Catherine.
Ce moine racontait pour la millième fois
Que Maxime empereur fit mettre à la torture
Cette pieuse enfant, éblouissante et pure.
Elle mourut avec ses lèvres sur la croix.

Mais l'ange des martyrs, fendant soudain la nue,
Sur le mont Sinaï l'emporta tout nue...
Or, cinq cents ans après, telle on la retrouva,
Dormant son doux sommeil sous l'œil de Jéhova.
— Admirez, disait-il, les belles mosaïques.
L'abside est sur fond d'or, et les mots hébraïques
Se détachent en bleu sur des médaillons peints.
Voici Moïse, Élie et quelques petits saints.
Moïse est ce barbu raide comme un apôtre ;
Jésus, tout à côté, bénit le monde ; et l'autre
Écoute, agenouillé près du buisson ardent,
La tempête qui sort de Sabaoth grondant !
Au-dessous, venez voir la crypte. Une merveille !
Pénétrez les pieds nus, ici le Très-Haut veille [1].
C'est une terre sainte, et sous cet écusson
Apparut tout en feu le céleste buisson... »

1. *Exode*, ii, § 5. « Et Dieu dit : N'approche point d'ici.
Déchausse tes souliers de tes pieds ; car le lieu où tu es arrêté
est une terre sainte. »

Les ex-voto pleuvaient à côté des reliques ;
Les murs disparaissaient sous des tableaux mystiques,
Richement encadrés de bois incrustés d'or.
Sur l'un était écrit : « Sauvé neuf thermidor. »
L'autel est en argent, et ce moine imbécile,
Passant ses doigts charnus sur les saints en relief,
Reprit : « Il fut donné par un roi de Sicile.
« Pour son poids et celui des lampes de la nef,
« On pourrait acheter... » — « Holà ! que leur importe ?
« Dit alors le drogman, debout près de la porte,
« Frère Dailopoulos, vous pensez donc toujours
« A ce champ d'orangers près des remparts de Rhode,
« Où vous avez, dit-on, pour vos jeunes amours,
« Appris à vos dépens ce que pèse le Code ? »
Ce moine qui m'avait un air de sacristain
Point né pour naviguer sur le fleuve du Tendre,
Sortit en ripostant : « Chacun a son destin ;
« Mais ils ne perdront rien, mon ami, pour attendre !... »
Comme je paraissais tout au moins interdit,
La phrase ayant un peu grondé dans la voix sourde,
Le drogman me conta que l'aimable bandit,
Jaloux de sa maîtresse, avait eu la main lourde !
« J'en ai connu plus d'un qui le soir, à genoux,
« Venaient non pas prier, mais rêver de vengeance !...
« Pour les peines de cœur, ayons de l'indulgence...
« C'est utile un couvent, dit-il, qu'en pensez-vous ? »


Comme en quittant la nef solennelle et profonde,
        Je gagnais les glacis,

Je vis près d'un créneau, sur le chemin de ronde,
    Quelques moines assis.

Les cartes voltigeaient entre leurs mains oisives,
    Tandis que par les airs,
La chanson de l'airain volait dans les ogives,
    En beaux carillons clairs.

Yousouf me dit : « Les fous ont même oublié l'heure
    Des pauvres loqueteux
« Qui grouillent, regardez, au pied de leur demeure,
    « A genoux devant eux ! »

Dailapoulos, ayant raflé l'entière mise
    Par un coup d'aigrefin,
Fit alors un discours sur la terre promise
    Aux damnés de la faim !

Puis, laissant éclater les syllabes arabes,
    D'un gosier rauque et dur :
« L'enfer est fait pour vous, comme l'eau pour les crabes,
    Vous irez, j'en suis sûr. »

Et, stupéfait, je vis que par une ouverture,
    Faite en haut du manoir,
Ce hideux égoïste en capuchon de bure
    Leur jetait du pain noir !

# Xenfa

Près d'une meurtrière, un grave et beau jeune homme
Songeait en regardant ces faux religieux ;
Et son front se plissait d'une souffrance, comme
S'il avait vu l'enfer flamboyer dans leurs yeux.
Dailopoulos, très gai, vint lui pincer la joue :
« Que faire en un couvent à moins que l'on n'y joue ?
« Ton métier d'économe est encor le meilleur ;
« Si le jeu te déplait, fais des vers, rimailleur !
« L'or des rimes peut fuir sans appauvrir la caisse. »
Et comme s'il eut fait une belle prouesse,
Il s'égaya d'un geste... étrange, et s'en alla.
Je m'étais approché ; je dis à l'économe :
« En avez-vous beaucoup de cette espèce-là ?
« Ce moine a peu de goût pour le Deutéronome ? —
« — Hélas ! Yousouf sait bien quel indigne clergé
« Affiche en nos couvents la honte et les scandales ;
« Chacun de ces gaillards prosternés sur les dalles
« Est un peu Gorenflot narguant le préjugé.

« — Mais vous ? — Oh ! moi, je suis en parfaite disgrâce
« Auprès du saint-sinode, et son autorité
« Espère qu'en exil mon esprit à la Grâce
« Deviendra moins rétif qu'au mot de Liberté ! »


Il s'éloigna, devant présider à l'office
Du soir, je le suivis... La voix du Gorenflot,
Imitant d'un pêcheur le suprême sanglot,
Ébranla les trois nefs de ce bel édifice !


Yousouf, toujours moqueur, alors me raconta
L'histoire de ce moine : « Il s'appelle Xenta.
« Est-il, comme on le dit, fils de l'archimandrite
« D'un des plus beaux couvents au mont Athos fondés ?
« Je connais le vieillard, c'est un franc hypocrite,
« Capable de jouer Dieu sur un coup de dés.
« Xenta fut élevé d'abord dans un hospice ;
« Puis, son père un beau jour l'appela. Le couvent,
« Aux dépens des bigots, le dressait pour le vice ;
« Car si l'art y fleurit, la prière s'y vend.
« Il grandit, lut beaucoup, devint une âme ardente,
« Ce que le bourgeois nomme un esprit exalté ;
« Éloquent, il prêcha de façon imprudente,
« Parlant moins du Très-Haut que de la liberté.
« Il dit que les Clergés avec leur momerie,
« Indignent Jésus-Christ, le doux réformateur,
« Et qu'il faut que le cœur avec la bouche prie.
« Bref, c'est un chrétien pur, une âme de lutteur.
« On le déteste ici, cet honnête économe,
« Un peu pour sa bonté, son air praticien,

« Beaucoup parce qu'il est un parfait galant homme,
« Et puis, c'est un artiste, un vrai musicien. »

Ce soir-là, des remparts je regardais les ombres
Gagner rapidement les rochers du vallon,
Lorsque je vis Xenta, tenant un violon,
S'en aller à pas lents vers les profondeurs sombres.
Je crus voir en ces lieux quelque ancien huguenot,
Pourchassé comme un loup, parce que sa prière
Déplaisait à l'agneau, successeur de saint Pierre !
Son archet fit vibrer, de l'immortel Gounod
Cet *Ave Maria*, cette plainte éloquente
D'une âme qui gémit, pleure, sanglote et chante.

J'ignore s'il est vrai qu'en des temps fabuleux
Orphée avec sa lyre ait fait pleurer des roses ;
Mais j'affirme avoir vu ces montagnes moroses
Tressaillir aux accords de ce chant merveilleux.
    Et comme vers le ciel sur les ondes sonores
S'envolait ce bouquet d'harmonieuses fleurs,
M'approchant de Xenta, que je voyais en pleurs,
Les yeux fixés aux cieux d'où naissent les aurores :
— Vous souffrez, je le sais, dis-je, en prenant sa main,
Parce que vous avez des chimères d'artiste,
Un cœur d'apôtre ardent, de vrai républicain ;
Ami, je vous comprends, je suis socialiste ;
C'est l'école du Christ, et je mets mon honneur
A penser comme vous, au peuple, à son bonheur.

L'homme supérieur est pour moi comme un livre
Ouvert, et qui contient un récit curieux.

Il n'a rien à cacher aux passants et se livre
Avec la loyauté du soleil dans les cieux.
Point de vaine gaîté ! Car il a de la vie
Pénétré les fadeurs et subi les hasards.
Il suit le grand chemin sans craindre les regards,
Et dédaigne aussi bien l'éloge que l'envie.
Il n'a pas, du grand monde imbécile et banal,
L'accueil froid de l'Anglais, taxé d'original ;
Vous lui tendez la main, il vous donne la sienne,
Et pas plus qu'un enfant, il ne connaît la haine.

— Ah ! monsieur, me dit-il, c'est rare, un pèlerin
Socialiste !... Ici, ce grand mot signifie
L'assassinat de Dieu par la philosophie
Et désigne à la fois l'anarchiste et Mandrin.
Nul ne sait, au couvent, ce que pèse une idée.
Tous ces moines ont l'âme horriblement soudée
Au préjugé qui veut l'éternité du mal ;
Et c'est être émeutier que d'être libéral !
Ah ! la société courbant l'espèce humaine
Sous son poignet de fer d'égoïsme repu,
Quel terrible faucheur demande un tel domaine,
Où l'épi croît, pourri, sous un ciel corrompu !

J'ai fait, trop jeune encor, des vœux d'anachorète.
Si ma virilité s'insurge et dit : pourquoi
Pourquoi donc supporter cette horrible tempête ?
Mon esprit lui répond : Humanité, pour toi !
Car on n'est vraiment pur et fort devant les autres
Qu'après avoir dompté ses propres passions...

Et moi qui veux porter l'étendard des apôtres,
Je sens que j'ai besoin de mes illusions !
Le peuple, voyez-vous, ne croit qu'au sacrifice.
C'est la base, le roc moral de l'édifice.
Tout ce qui fut construit a roulé dans l'égout :
De l'œuvre de Jésus rien ne reste debout !...

.   .   .   .   .   .   .   .   .   .   .   .   .   .   .   .   .   .

Quand un fils d'ouvrier osa dire : « On vous leurre ! »
Les dieux du paganisme étaient agonisants !
Le dogme de Moïse ébranlé d'heure en heure,
S'effondrait sous le poids de ses dix-sept cents ans.
Lorsque l'humanité, dans sa marche docile
Qui la mène en troupeau vers le but inconnu,
Hésite à suivre encor le chemin difficile,
Un grand homme surgit, un humble, un parvenu.
Ce pasteur la conduit, car il sent et devine
Qu'il doit la ramener vers l'entité divine.
Jésus est de ceux-là. C'est un innovateur.
On pourrait presque dire : Il sut inventer l'âme,
Tout au moins dégager la croyance et la flamme
D'un principe divin étonnant de hauteur.
C'était briser le joug affreux de la matière,
Qui fit au temps passé la force du Romain ;
C'était, surtout, abattre et réduire en poussière
Le Baal d'Israël et son culte inhumain !


Le boudhisme a fondé l'esprit étroit des castes.
Confucius est grand, mais pour le peuple obscur.
Grâce à la quantité, tout païen était sûr
D'oublier quelque dieu : conséquences néfastes !

La race d'Abraham, adorant le veau d'or,
Transporta ses autels de Mésopotamie ;
Moïse est un berger des montagnes du Thor
Qui rêve pour les siens certaine autonomie ;
Coup d'aile sans ampleur ! infructueux essor !
    Aucun de ces penseurs ne songe au misérable
Las du fardeau des jours, brisé dès le matin !
Jésus seul apparaît, ici-bas, secourable
A ce peuple oppressé sous l'horreur du destin.
Il lui donne à jamais l'égalité divine ;
Et l'homme le plus fier, le plus pareil aux dieux,
Ne peut plus, en voyant la couronne d'épine,
Refuser de répondre au citoyen des cieux.

Moïse, trop imbu d'histoire égyptienne,
Trop désireux de plaire aux enfants d'Ismaël,
N'offrant à l'homme rien de grand qui le soutienne
Confina Dieu dans l'arche en craignant Azaël.
    Jésus-Christ, plus profond, mystique idéaliste,
S'évadant brusquement de la tradition,
Osa, par sa morale, être un socialiste,
Et l'âme avait aussi sa révolution !
    Quelle œuvre a donc atteint une telle envergure ?
Il est et restera la plus noble figure
Parue à l'horizon de notre humanité :
C'est le porte-étendard de la fraternité.

Jésus, par la bonté de ta morale pure
L'esclave d'autrefois est un maître aujourd'hui ;
Le puissant est maudit du ciel, quand il torture
Le pauvre qui marchait sans but et sans appui !

Le sacerdoce, hélas ! guettait la race humaine.
Il vint dénaturer cette œuvre de bonté.
Jésus, c'était l'amour ; le prêtre fut la haine !
Bourreau, vindicatif, lui, le doux révolté !
Ah ! révolté surtout contre le prêtre infâme,
Exploitant sans merci le peuple d'Israël !
Pauvre Christ, souriant, toi qui donnais ton âme !
Quel soufflet t'appliqua le pouvoir temporel !...

Toute religion a péri par le prêtre,
Plus encor que du poids des mensonges sacrés.
Toutes ont en naissant le même doux ancêtre,
L'espoir. Et l'espoir vit, surtout quand vous pleurez !

Vouloir expliquer Dieu, c'est commettre un outrage
Sur la raison qui n'a qu'une loi : définir.
Plus l'esprit monte haut, moins il a le courage
D'affirmer ce qu'il sent ne pouvoir soutenir.
    Tant que Dieu fut restreint, le prêtre fut utile.
Mais dès qu'il prit l'ampleur que lui donna Jésus,
Le docteur d'infini, pédant de l'Évangile,
Compulsa vainement des textes préconçus.
    A quoi bon un clergé disant : tout est mystère ?
Et qui veut enseigner ce qu'il n'explique pas ?
A-t-on pour l'inconnu besoin d'un ministère ?
Pour l'incommensurable où donc est le compas ?
    Jésus a-t-il jamais rêvé d'avoir un temple ?
« Aimez-vous, disait-il, ne faites point le mal. »
Ah ! suivez sa doctrine et surtout son exemple.
Convertissez, chrétiens, l'église en hôpital !

Sa mémoire avait droit à l'honneur d'un seul culte
Fait de bonté, d'amour, de solidarité.
L'aumône de l'église est souvent une insulte.
Donnez du cœur, chrétiens, voilà la charité !


C'était un érudit, Xenta, même un poète,
Sachant, quand il causait, allier avec art
L'élan de la jeunesse au calme du vieillard.
Il aurait foudroyé, s'il eût été prophète.
Entre nous s'éveilla cette fraternité
D'esprit, de sentiments, si douce à l'âme ardente ;
Il nous semblait que Christ, Hugo, Shakspeare et Dante,
Lorsque nous parlions d'eux, devisaient à côté ;
Et que nos entretiens servaient l'humanité !...
    Pour lui quatre-vingt-neuf était le fait notoire
« Avorté, me dit-il, de votre longue histoire.
« Si la fatale main d'un maudit conquérant
« A pu briser la force et le fil du torrent,
« L'eau sainte a su filtrer par les trous qu'en ce monde
« Son talon imprimait !... Écoutez : elle gronde !
« Je les hais, ces guerriers, quels qu'ils soient ! Ces fléaux,
« Si prodigues du sang qui véhicule une âme,
« Vestale du feu pur de la divine flamme.
« Ne sèment que la haine en creusant des tombeaux !
« La victoire est horrible et le glaive est infâme.
« Tout prêtre a mission de flétrir les Césars,
« Qui s'en vont écrasant les peuples sous leurs chars ;
« Je vous dirai comment Dieu juge un capitaine ! »


— « Xenta, c'est compliqué, toute réforme humaine.

— « Vous croyez ? je le nie. On peut tout réformer.
« Le Christ nous l'enseigna dans un seul mot : s'aimer ! »

Le lendemain, Xenta, d'une voix mâle et fière,
Me lut sa diatribe au pied du Sinaï.
L'œil nocturne versait sa mourante lumière
Sur le mont d'où Moïse évoque Adonaï.

# Les Idées de Xenta

## La Justice de Dieu

L'Éternel, cette nuit, devait juger deux âmes ;
    Les cieux s'étaient ouverts.
Il groupa devant lui, sur l'aire d'or des flammes,
    La gerbe des éclairs.

Les astres s'avançaient, sur les vagues de l'ombre,
    Vers le trône de Dieu,
Et leur flotte arborait, dans le temps et le nombre,
    Son pavillon de feu.

Bientôt le noir velours des épaisses ténèbres
    Enveloppa la nuit,
Tandis que l'infini chantait ses chants funèbres
    A l'heure qui s'enfuit !
. . . . . . . . . . . . . . . . . . . . . . . . . . . . . .

Ces âmes attendaient, au sommet de l'espace.
L'une était un soldat, l'autre un musicien.
Le guerrier rayonnait de reflets de cuirasse ;
L'artiste souriait au gouffre aérien.

Or le soldat disait : « L'Éternel est un juge
« Qui, pesant à la fois le bien avec le mal,
« Aurait voulu que l'eau du terrible déluge
« Fût aux fils de Noé comme un flux baptismal.
« Je ne sais pas comment, après cette aventure,
« L'homme a pu devenir vil scélérat rampant.
« Bon chrétien bavarois, j'ai lu dans l'Écriture
« Qu'un pied sacré devait écraser le serpent.
« Le pied tarde, et pas même un bâton qui l'assomme !
« Mon roi me disait : « Tue ! En avant ! Sois brutal ! »
« L'assassinat en grand me fit feld-maréchal.
« Mes gens ont, au hasard, tué plus d'un brave homme.
« Allez donc deviner, dans l'ardeur du combat,
« S'il fréquente l'église ou se rend au sabbat !
« En France, j'ai brûlé villes et citadelles ;
« J'ai pillé. De mes vols je me suis confessé.
« Dieu n'a pas laissé voir que je l'eusse offensé,
« Lorsque je massacrais les « Rouges » infidèles !
« Donc je dois, tu comprends, entrer au Paradis.
« Mais un musicien, croqueur de doubles croches,
« Croit-il donc qu'Ariel va lui sonner les cloches
« Et coucher à ses pieds les anges interdits ? »
L'artiste répondit à l'altier porte-glaive :
« Le poète inspiré ne chante pas en vain.
« Je voudrais bien entendre, alors que le ciel rêve,
« La palpitation de l'orchestre divin ! »
— Nous verrons, mon ami. Je vais, sans aucun doute,
« Me trouver bien placé pour parler au Très-Haut,
« Et, tout en lui contant quelque effroyable assaut,
« Je lui demanderai... Silence... on vient... Écoute... »

Au fond du firmament radieux, des bruits sourds
Se percevaient, pareils au remous de la houle,
Ou tels que le frisson des âmes, quand la foule
Visite des tombeaux à pas craintifs et lourds.
Ce fut pour le soldat un réveil d'épopées,
Comme aux jours de sa vie où, buvant à plein bord,
Des guerriers entonnaient la chanson des épées.
La gloire ne vint pas. Seule apparut la Mort.
Son crâne était orné d'un casque d'or antique,
Timbré, sur le cimier, des armes du Très-Haut :
« Infini sur azur »; devise : « Sabaoth »,
Ou Dieu, tout simplement, en langue sémitique.
La Mort s'était drapée en un long manteau bleu
Doublé, du haut en bas, d'une éclatante hermine,
Pour affirmer son rang dans la maison divine,
Comme éternel bourreau de Sa Majesté Dieu !


Ni faux ni sablier; mais deux os dans sa droite,
Paraissant être ainsi deux fois feld-maréchal.
« Eh bien !... Va, je te suis, puisqu'il faut que j'emboîte
« Ton pas », dit le guerrier sur un ton jovial.
La camarde sourit, de ses os fit un geste
Voulant dire : « Venez ! » Tous trois, silencieux,
Se mirent à gravir cette pente céleste
Qui mène de la terre au royaume des cieux.
Sur ce chemin frayé dans le grand val des mondes,
Aucun être ne vint troubler les voyageurs,
Jusqu'au plus haut sommet, que le « pont des vainqueurs »
Sépare du pays ouvert aux âmes blondes.

Là se tenait debout, un éclair à la main,
L'archange qui reçoit ou qui repousse l'âme,
Selon ce qu'elle fut dans le bourbier humain.
« Passe ! » dit-il au bon ; ou « Va-t'en ! » à l'infâme !

La Mort tendit à l'ange un des os sur lequel
Rayonnait « Mélodie » ; il lut et dit : « Noël » ;
Puis elle tendit l'autre, ajoutant : « D'un confrère ;
Son glaive bien souvent aidait à me distraire. »
Et la Camarde alors s'éloigna du guerrier,
Ironique, étoilant son casque d'un laurier !

Le brillant séraphin, d'une voix solennelle,
Dit au premier : « Entrez au céleste séjour »,
Étendit doucement et presque avec amour,
Sur le musicien, l'ombre de sa grande aile,
Pour lui faire passer, angélique licteur,
Le pont, ainsi qu'il sied à tout triomphateur !
Puis il se retourna vers le soldat farouche
Avec le plissement du dédain sur la bouche.
« Et moi ? » dit-il à l'ange, avec injonction ! »
Muet, le garde-ciel reprit sa faction.
« Il s'est trompé, pensa le vieux foudre de guerre.
« Cette imbécile Mort, parlant au séraphin,
« A prononcé les mots de glaive et de confrère.
« Il croit l'autre soldat... Cet esprit n'est pas fin ! »
Cependant, il allait, après un long silence,
Relever d'un ton sec l'erreur ou l'insolence,
Lorsqu'aux portes du ciel, un magnifique enfant
Souffla dans je ne sais quel suave olifant.

L'être altier qui veillait aux portes éternelles
Dit au soldat : « Passez ! » Mais on eût vu ses ailes
Frissonner et son front se rider d'un mépris.
Indigné, le soldat murmura : « Malappris ! »

Or ce pont rejoignait une étroite poterne,
Creusée au flanc d'un roc taillé dans le cristal.
Le gracieux enfant, un ange subalterne,
Y dirigea les pas du vieux feld-maréchal.
O transformation étonnante et soudaine !
L'éclatant souterrain s'était évanoui ;
Un spectacle ignoré de la prunelle humaine
Apparut brusquement au héros ébloui !
Devant ses yeux coulait, dans l'immense étendue
Où les soleils naissants prennent leur vaste essor,
Le grand fleuve des cieux pailleté d'astres d'or ;
Et ce fleuve n'était qu'une goutte perdue
Auprès du trismégique univers d'un seul Dieu !
Ce céleste Jourdain roulait une onde en feu ;
Ses vagues se creusaient au ras des paraboles
Que le mystère ailé trace aux comètes folles.
Il allait, déferlant ses mondes radieux
Par delà l'inconnu, vers l'entité divine,
Jusqu'aux cieux éternels que cachent d'autres cieux,
Aux pieds du Créateur trônant sur l'origine !...

.   .   .   .   .   .   .   .   .   .   .   .   .   .   .   .   .

Filons d'astres noyés en l'immuable azur ;
Fluide de saphir où, dans la nuit sans voiles,
Une planète éclôt du baiser des étoiles ;
Lente gestation de l'éther calme et pur ;

Salsabil[1] inondant l'immensité vermeille.
Et ce qu'il vit n'était qu'un court sentier de ciel,
Dans le vaste empyrée où le Maître éternel
A l'infini pour ruche et l'ange pour abeille !

. . . . . . . . . . . . . . . . . . .

C'est là que, stupéfait, le vieux tacticien
Vit les cieux acclamant le doux musicien !...

L'artiste s'enivrait comme d'une caresse.
Le bonheur est plus grand lorsqu'on a bien souffert.
C'était tout le parfum que la fleur en détresse
Répand lorsqu'on meurtrit son calice entr'ouvert !
C'était l'ancien baiser, pris sur la lèvre aimée,
Qu'emporte le zéphir sur son aile embaumée
Et qui franchit les flots pour bercer le sommeil
De celle qu'on adore et que l'absence tue !
L'inexprimable loi qui force la statue
A répondre en chantant aux rayons du soleil
Le pénétrait d'amour, d'extase et d'harmonie.
Sacrement éternel où l'âme communie !
Le grand, le beau, le vrai, la vertu, la bonté,
Tout ce qu'il avait fait vibrer dans l'âme humaine
L'escortait au parvis de l'immortalité,
Plus sacré qu'un César sous la pourpre romaine !
Son œuvre, où palpitait toute celle de Dieu,
Montait comme un soleil parmi les bleus pilastres,
Tandis que sur son front, le grand peuple des astres
Mettait avec transport des couronnes de feu.

1. Salsabil, le fleuve des cieux (mythologie musulmane).
Correspond à notre voix lactée.

Et comme il rayonnait, oublieux de nos fanges,
Là-bas, sur l'autre rive, asile des remords,
Devant les cieux profonds, tout blancs du vol des anges,
Se dressa tout à coup la montagne des morts !


Voilà ton œuvre, à toi, dur semeur de mitrailles !
Ces cadavres debout, rangés pour les batailles,
Tous ces monceaux de chairs, qu'éventra le canon,
Disent assez l'horreur tragique de ton nom.
Ta posthume revue épouvante l'abîme ;
Passe la devant Dieu toute une éternité.
La gloire des drapeaux n'excuse pas le crime ;
Il n'est qu'une patrie, et c'est l'humanité !


Il avançait déjà... Mais le Maître du monde :
« Point de place à ma droite à la haine qui gronde !
« Point de place aux vautours ivres du sang d'Abel !
« Maréchal, qu'as-tu fait pour mériter mon ciel ? »
Comme il allait répondre, une clameur immense
S'éleva, réclamant les sombres talions,
Pareille aux cris poussés par la foule en démence,
Lorsqu'un martyr tombait sous la dent des lions !
Mais les morts sont muets ! Leurs lamentables bouches
N'offraient qu'un rictus pâle au froid baiser des vers ;
Leurs pauvres yeux, noyés de ténèbres farouches,
N'avaient point remué, ne s'étaient pas ouverts !
C'était une clameur qui montait de la terre
Faite avec tous les cris des combats, évoquant
Les squelettes épars, dans l'ombre, autour du camp...
Lamentable néant de l'orgueil militaire !

Que de lambeaux de chair sur vos fronts, ô guerriers,
S'entrelacent avec les feuilles de lauriers !...
Puis ce furent, au loin, des hurlements féroces,
Des tumultes d'airain, des bruits de coups de crosses ;
La bataille surgit avec tous ses sanglots !
Renoncez, fiancés, aux berceuses chimères !
Lamentez-vous, vieillards ! Souffrez et pleurez, mères !
Les larmes ont coulé, pareilles à des flots.
Et cette mer, qui sort des palais et des bouges,
Vint aux pieds du soldat briser ses vagues rouges !


Comme il aurait voulu s'évader de l'effroi
Et crever les tambours « battant aux champs » sa gloire !
Comme il aurait donné, pour effacer l'histoire,
Tous les hochets d'honneur que lui jetait son roi !
Le grand feld-maréchal n'avait plus sa superbe !
Qu'allait donc de nouveau lui reprocher le Verbe ?...
La voix lui répéta sur un ton solennel :
« Maréchal, qu'as-tu fait pour mériter mon ciel ? »


« — Je fus bon catholique et parfait patriote. »


« — Un bouddhiste est-il un Judas Iscariote ?
« Pourquoi les Musulmans resteraient-ils maudits ?
« Mon cœur serait d'airain pour un pape hypocrite.
« Aimez-vous, aimez-vous ! La maxime est écrite
« En toute âme, et, suivie, ouvre mon paradis.
« Pour me plaire, il suffit que l'on soit honnête homme ;
« Je n'exige d'aucun le passeport de Rome !

« Patriote, as-tu dit ? C'est un mot acclamé
« Parmi vous, ô mortels, dans la brume où vous êtes !
« Mais dans mon Éden, sourd au bruit de vos trompettes,
« Je n'accorde aucun titre à qui n'a point aimé.
« L'Adam que j'ai voulu n'est point né d'une louve.
« La bonté, c'est ma force, et l'amour seul me prouve !
« Ah ! ne me priez pas avec du sang aux mains !
« Croyez-vous donc qu'avant de pétrir les humains
« Je les avais rêvés se ruant à la haine ?
« L'éternelle pensée, à jamais souveraine,
« Portait, couvait en moi l'ensemble harmonieux
« D'un monde qui devait me reposer les yeux.
« Nationalités ? Je ne connais que l'homme.
« Quoi ! la fraternité se parque en troupeaux, comme
« Si je n'avais créé l'être candide et beau
« Qu'afin de le donner en pâture au corbeau. »


« — Mais, Seigneur, la patrie ? » — « Invention humaine.
« Voyez-vous sur mes monts, voyez-vous sur ma plaine
« Un seul signe de moi qui, dégradant les cœurs,
« Sépare les vaincus et classe les vainqueurs ?
« Dans mon œuvre de vie où voyez-vous la trace
« De ces divisions ? Consultez ma préface :
« Une terre, un seul homme, un unique berceau
« Que mon geste infini marqua du divin sceau !
« L'homme seul a tracé la frontière, ô folie !
« C'est le dogme du sol divisé qui le lie
« Aux chars tumultueux des papes et des rois.
« Pour qu'il fût leur esclave oublieux de ses droits,

« Ils ont su le dresser à bannir l'espérance,

« A détester partout ses frères de souffrance.

« Et l'être qui jadis, de ses bras vigoureux,

« Fécondait les sillons dans la verte campagne,

« Tomba sous des drapeaux que le crime accompagne,

« Pour un bout de laurier cueilli sous d'autres cieux !

« La victoire enfanta la mort et la misère ;

« Le pillage aggrava les instincts carnassiers ;

« La forêt s'empourpra d'incendie, et la guerre

« Planta ses cyprès noirs où poussaient mes rosiers... »


« — Seigneur, j'obéissais ! » — « Lâcheté ! duperie !

« Toujours même réponse et même théorie !

« Était-ce ton devoir, si tu croyais en moi,

« D'obéir à celui qui régnait par l'effroi ?

« Vous, des chrétiens ! Silence, hypocrites infâmes !

« C'est en vain que le Christ a, pour sauver vos âmes,

« Prêché son Évangile au bord des lacs dormants.

« Le chrétien primitif, respectant la doctrine,

« Allait droit à Néron et lui disait : « Tu mens ! »

« L'empire n'était plus qu'une vaste ruine,

« Et le sang répandu sur le sol dévasté

« Refaisait une sève à l'arbre Liberté.

« Les martyrs, s'inspirant de l'œuvre originelle,

« Enseignaient de nouveau la radieuse foi :

« Pas de maître régnant sur ses frères ; la loi

« Découlait de Dieu seul et je vivais en elle.

« La colombe ignorait la griffe du vautour,

« Le dogme fleurissait dans l'éternel amour,

« Et, Lucifer vaincu, la fulgurante épée
« Au poing des séraphins luisait, inoccupée.
« Ce fut pour venger l'être et consacrer ses droits
« Que Jésus expira sur l'arbre de la croix.
« Et sa vie a coulé sans avoir sauvé l'homme !
« Ses pleurs se sont perdus comme l'eau du ravin !
« Et le peuple est toujours, malgré le sang divin,
« L'esclave du puissant ou sa bête de somme !
« Le païen, accablé sous ses milliers de dieux,
« Mérite que vers lui le Créateur s'incline.
« Il n'eut pas comme vous de victime divine
« S'offrant en holocauste et vous ouvrant mes cieux !
« Arrière, faux chrétiens ! Vos glaives sont des haches !
« Le sang qui coule encor de vos mains fait des taches !
« En mon ciel, l'aile est blanche, et votre souffle impur
« Ternirait sa blancheur... salirait mon azur !...

. . . . . . . . . . . . . . . . . . . . . .

Et tandis que l'artiste, en extase profonde,
Passait le fleuve où l'astre est une goutte d'onde
Et montait radieux vers le ciel triomphant,
L'Éternel fit un signe au gracieux enfant.
L'angelet emmena le hautain capitaine,
Qui devait protéger dans les cieux infinis
Le doux musicien épris du chant des nids.
Et ce dur ouvrier de la souffrance humaine,
La honte sur la face et des pleurs dans les yeux,
Sortit, et pour toujours, du royaume des cieux !

# Ce qu'il pense de la Patrie

Tu condamnes Xenta, l'amour de la Patrie?


— « Les grands mots, me dit-il, ne sauraient m'émouvoir.
« Vers toi, le sang chrétien, Seigneur, s'élance et crie!
« L'égoïsme farouche, est-ce une théorie?
« J'exige une vertu pour créer un devoir.
  « Ce prétendu principe est une grave entorse
« Donnée à la raison, aux droits de l'être humain.
« C'est un culte masqué que l'on rend à la force;
« C'est l'univers courbé sous le joug d'un Romain! »


— O Xenta, la morale atteint au vol des aigles
Et sans principe aucun sait imposer ses règles;
Le culte du pays grandit l'humanité.


— « Non pas, car il détruit toute fraternité!
« Puisque en ton cœur fleurit la foi socialiste,
« Marche à l'ombre de Paul, deviens évangéliste!

« Notre maître Jésus n'a prêché que l'amour.
« Le laurier désormais n'éclipse plus la rose ;
« La colombe a bravé les serres de l'autour ;
« Sur la fraternité le dogme entier repose.


« Ami, les préjugés servent de base aux forts !
« Les justes et les bons donnent en vain l'exemple :
« Il faut être au tombeau pour mériter un temple ;
« La gloire des penseurs commence chez les morts !
    « Prêtre et socialiste ont même sacerdoce ;
« Tous deux vers l'idéal guident l'humanité.
« Par sa douceur, le Christ dompte l'instinct féroce ;
« Crois-moi, l'aube se lève et le coq a chanté.


« Instruisez donc le peuple, enseignez-lui l'histoire.
« Montrez-lui la Patrie et ce que vaut la gloire,
« Quand elle a fait semer par la main des guerriers
« La haine qui survit aux moissons de lauriers !


« Ici, c'est le Romain servant d'exemple au monde,
« Maître de l'univers, puis esclave à son tour ;
« Là, c'est un Pharaon croulant sur ce qu'il fonde ;
« Au loin, c'est Annibal traqué comme un vautour.
« Le globe tombe en cendre aux mains de Charlemagne.
« Charles-Quint, vaste roi d'une étonnante Espagne,
« Passe plus vite encor que le chant des clairons.
« Alexandre est une ombre et la Mort l'accompagne.
« Qui sait ce qu'a coûté de sang pur et d'affronts
    Celui que l'aigle altier fixait de ses yeux ronds ?

« Ouvrez, ouvrez à tous le grand livre du crime !
« Partout des nations qu'emporte un vent d'abîme ;
« Partout le faible en proie aux cruautés des forts !

. . . . . . . . . . . . . . . . . . .

« Ton pays connaît-il sa montagne de morts ?

« Tumultes de Gaulois, chocs de Francs-Ripuaires,
« Mâtinés de Germains sortis de leurs repaires ;
« Les Mérovingiens, farouches et pillards ;
« Les fils de Charlemagne, exécrables soudards
« Qui vont, la torche au poing et doublant les étapes,
« Ravager l'Italie et lui donner des papes !
« Capets, Valois, Bourbons, toujours le glaive en main,
« N'arrosent les sillons qu'avec du sang humain !

. . . . . . . . . . . . . . . . . . .

« La sait-il, cette horrible, abominable histoire
« Des cadavres semés pour prendre un territoire,
« Pour fonder un empire, un royaume, un État ?...
« Aucun d'eux qui ne soit le fruit d'un attentat !
« Les trônes sont bâtis, les couronnes tressées
« Avec l'éternel deuil des masses oppressées !
« Et le peuple vivait sous ces infâmes lois
« Des Brennus ricanant leur *Væ victis* gaulois !

« Où donc avez-vous vu, docteurs de la Patrie,
« Que le vol des drapeaux chasse la barbarie ?
« Le Hun, fléau de Dieu, disait d'un air moqueur :
« Sois Tartare, ô Romain, puisque je suis vainqueur ! »

« Ton peuple a-t-il appris qu'à l'aube de l'Église,
« Entre les mains du prêtre et de la papauté,

« Le flambeau social, celui qui civilise,
« Éclaira l'horizon de sa sainte beauté?
« Plus tard, le sacerdoce, oubliant du Messie
« La pauvreté, le rang, qui faisaient sa grandeur,
« Devient un potentat!... La sainte orthodoxie
« Exploite, au nom des cieux, le peuple et sa candeur!
   « De là, le Moyen Age et le vil Saint-Empire,
« Ces deux vastes charniers où le trône et l'autel,
« Dans la fange, ont acquis un mépris éternel!
   « De la goule étreignant dans ses bras le vampire,
« De ces tas monstrueux de crimes inouïs,
« Naît cette monarchie aux étendards de flamme
« Qui broya du talon les peuples éblouis.
« La vôtre s'effondrait, tout à coup une femme
« Surgit du sol de France et sauve le pays.

  .  .  .  .  .  .  .  .  .  .  .  .  .  .


« Mon âme aime Marie et mon cœur votre Jeanne.
« Elle est la vierge aussi; mais plus de rédempteur
« S'immolant sur la croix!... La sainte paysanne
« Crée un peuple, et ce peuple est un libérateur.
   « L'hymne de la vertu fit frissonner son âme.
« C'est le sang généreux de la race qui bout
« Dans ses veines, alors qu'elle tient l'oriflamme;
« L'étranger vous accable, et la vierge est debout!
« C'est tout l'honneur humain qu'elle sert dans le vôtre.
« Plus de vaincus tremblant sous le joug abhorré!
« Elle apporte, pensive, entre ses mains d'apôtre,
« La floraison des droits à l'homme libéré.

« Ame et chair frissonnaient, pantelaient de souffrance,
« Malgré le sang versé sur le mont Golgotha !
« O Jeanne, tu sentis qu'il fallait une France
« Pour fonder la justice, et l'aurore chanta !
  « Par toi, le monde apprit que la foi populaire
« Pouvait seule étayer la faible royauté,
« Et que toute splendeur, que toute majesté
« S'appuyaient sur le bras du peuple tutélaire !


« Gloire à toi, noble fille, ange de ce berceau
« Où devait naître un jour cette philosophie,
« Digne émule du Christ, et qui le justifie ;
« Vrai chrétien, je salue et Voltaire et Rousseau.


« Le monde avait les yeux fixés sur votre aurore,
« Républicains de France ; il tressaillait d'espoir
« Lorsqu'en quatre-vingt-neuf, le nouvel ostensoir
« Brillait entre vos mains, ainsi qu'un météore !...
« Il était donc bien lourd que vous le laissez choir !


« Vous décrétez le droit ? Vous supprimez les maîtres ?
« La dignité de l'homme est votre fier souci ?
« Comment oubliez-vous de proclamer aussi
« La solidarité, communion des êtres ?
« Sur la table des lois qui devient votre autel,
« Vous érigez en Dieu l'éternelle Patrie ?
« Mais... ne rompez-vous pas le lien fraternel ?
« N'éclaboussez-vous pas de sang la théorie ?

« Avez-vous commencé par un partage égal
« De ce sol, le bien-fonds de la famille humaine ?
« Une âpre bourgeoisie exploite le domaine.
« Et le pauvre aura faim ! — Quel principe idéal ?
« Souffrira de l'effet sans jouir de la cause !
« Il signe un beau contrat, et le riche en dispose.
« Le fardeau le plus lourd, voilà quel est son bien...
« Pourquoi se battrait-il, le peuple, qui n'a rien ?
« Que lui donnez-vous donc, pour demander sa vie,
« A cet homme accablé, que vous leurrez encor
« Au moment où Brumaire efface Messidor ?
« Des impôts ! Souffre et meurs ! Viens, peuple, on te convie.
« Après celui du sang, paye un nouvel impôt !

. . . . . . . . . . . . . . . . . . . .

« La chair humaine est-elle un enjeu de tripot ?

. . . . . . . . . . . . . . . . . . . .

« Montrez-lui donc l'exemple, ô cyniques apôtres !
« Et sacrifiez-vous pour le bonheur des autres !


« Certes, je comprendrais (un prêtre n'est pas Dieu !)
« Qu'on servît sa patrie et qu'on mourût pour elle,
« Si la vertu du droit, dans le vaste ciel bleu,
« Protégeait l'équité, la couvrant de son aile !
« Patrie, à toi mon sang contre l'envahisseur,
« S'il est fondamental qu'en possédant la terre
« L'homme est un criminel s'il se fait agresseur ;
« Si la loi mit au ban des nations la guerre !
« Le sol du travailleur étant sacré, béni,
« Alors, oui, n'étant plus un jouet, un ilote,

« Je me sens, je deviens, je suis un patriote,
« Et le règne du glaive est à jamais banni.


« Il fait œuvre de Dieu, lorsqu'en évangéliste
« L'apôtre de nos jours, le vrai socialiste,
« Condamne, en regardant fixement les drapeaux,
« Le parquement hideux des hommes en troupeaux !
« Lorsqu'il flétrit la force engendrant cette haine,
« Qui fauche dans sa fleur la pauvre race humaine,
« Déjà broyée, hélas ! sous la meule des lois
« Qu'inventa l'hypocrite égoïsme bourgeois !
.   .   .   .   .   .   .   .   .   .   .   .   .   .   .   .   .   .
« Si ton peuple a bondi sous la main du sicaire,
« Comment peut-il subir pareil Robert-Macaire ?...
.   .   .   .   .   .   .   .   .   .   .   .   .   .   .   .   .   .
« Simple évolution, votre quatre-vingt-neuf !
« Le droit qu'elle enfantait reste un germe dans l'œuf ! »


— Xenta, je ne vois plus comment l'œuvre de Jeanne
Peut, du peuple français, faire un libérateur ?


— « Sur la mer endormie, on voit à l'équateur,
« Vers l'horizon lointain, dans l'éther diaphane,
« Naître d'un souffle ardent du zéphir le plus doux
« La ride qui devient cette vague océane
« Allant briser un cap des plus terribles coups !
    « Le Christ a su, d'un mot de maxime adorable,
« Broyer dans sa superbe un colosse romain ;
« Or le socialisme a ce dogme admirable
« Qui fait que de Damas on trouve le chemin !

« Votre monde bourgeois râle ses agonies ;
« L'idée auguste germe au soleil du progrès ;
« Ton peuple poussera bientôt aux gémonies
« Vos Prudhommes ventrus, bâtards des Turcarets !

. . . . . . . . . . . . . . . . .

« J'entends déjà passer le grand souffle des chênes
« Poussés sur les tombeaux de ce peuple aux abois.
« La sève du vieux gui fait éclater le bois
« Du carcan populaire, et chante : « Plus de chaînes ! »

# Le Rêve

Ce jour-là, mon esprit flotta de rêve en rêve
  Jusqu'à l'éternité.
Au pied du Sinaï, dans l'aube qui se lève,
  Je vis la Vérité.

Elle passa, fixant ses regards sur l'église
  Qui couvre le buisson.
C'est là que Dieu dicta, nous raconte Moïse,
  L'exode et sa chanson.

Sous ce calme regard, la haute basilique
  S'évanouit aux cieux
Et le buisson ardent de la fable biblique
  Apparut à mes yeux !

Ses flammes montaient comme une gerbe d'opale.
  Au centre des rameaux,
Un être faible et nu montrait sa face pâle,
  Pâle de bien des maux !

Comment ? le Sabaoth qui parlait à Moïse
Serait là devant moi ?
J'avais sur mes genoux chancelé, l'âme prise
Dans le doute et l'effroi !


Ce ne peut être lui ! ce Dieu veut qu'on opprime
Partout les malheureux ;
C'est sa terrible main qui burina ce crime,
Le code des Hébreux !


Je vois un affligé, tout blême d'agonie,
Tout ruisselant de pleurs ;
L'autre est le dur fléau des blés de Béthanie,
L'allié des voleurs !


Ce n'était pas le Dieu qui tonne dans la nue,
Puisque la Vérité
Écrivit ces deux mots sur sa poitrine nue :
« Voilà l'humanité. »


Tout à coup du buisson environné de flamme
Surgit un églantier ;
Et voilà que des Juifs parut la horde infâme
Au détour du sentier !


Féroce, elle arracha les feuilles de l'arbuste,
Souche du genre humain ;
L'Humanité dressait avec un geste auguste
Son impuissante main !

Alors d'autres pillards : rois saccageurs de villes,
Les prévaricateurs,
Conquérants, financiers, des juges à mains viles,
D'odieux dictateurs,

Vinrent boire en riant la généreuse sève
De l'arbuste à longs coups,
Épuisant le buisson que je voyais en rêve,
Hurlant comme des loups !

La pauvre humanité semblait à bout de forces
Et tremblante, sans voix,
Montrait les longs lambeaux arrachés des écorces
Qui pendaient à ses doigts !

Soudain l'humanité se transforme, et sa face
Exprima nos douleurs,
Devint celle d'un homme inspiré, qui menace
La foudre au nom des fleurs !

Son sourire était triste et son regard très tendre ;
De ses grands yeux ouverts
Des larmes s'échappaient ! Il me semblait entendre
Chanter les rameaux verts !

Je vis sur l'églantier croître les églantines
Dans l'éclat du soleil.
L'homme avait sur le front la couronne d'épines
Teinte de sang vermeil.

De sa main où la croix s'étoile, et qui soulève
      L'outil d'un charpentier,
Il bénit doucement, avec des mots de rêve,
      Le mystique églantier.


La gloire des étés et la splendeur des roses
      Sur son front avaient lui ;
Des guirlandes de fleurs, subitement écloses,
      S'inclinèrent vers lui !


L'écho du Sinaï, vibrant au ciel sonore,
      Redit avec fierté
Ces mots qu'il prononça : « Peuple, je suis l'aurore
      « De votre liberté. »


La meute des bandits recula, frémissante.
      Sa main, sa grande main
S'étendait dans le ciel, tutélaire et puissante,
      Sur tout le genre humain !


Aux chétifs accablés, humiliés, à terre,
      Il dit : « Buvez mon sang. »
Viens, pauvre Humanité que je te désaltère,
      Aux veines de mon flanc !


Ah ! ne discutez pas si ma crèche est divine.
      Travailleurs, aimez-vous ;
Mortels, devant Dieu seul, que votre âme devine,
      On se met à genoux !

Vous, forbans, regardez, depuis que je l'arrose,
  Ce buisson de mes pleurs.
L'églantier a déjà les bourgeons de la rose,
  La plus belle des fleurs.


Vous seriez impuissants à l'éteindre, ma flamme,
  Pharisiens maudits !
Vos mains n'ont pas l'ampleur pour emprisonner l'âme
  Éclose au paradis !


Moïse a trop régné, trop exploité le monde
  Sous le joug odieux
Du plus fort ! Le Très-Haut, celui qui frappe et gronde,
  N'habite pas les cieux !


La race d'Israël et la meute effroyable
  Des puissants, des voleurs,
Se rua de nouveau, féroce, impitoyable,
  Sur le buisson en fleurs !


Le monde succombait sous la désespérance,
  Sous l'âpre iniquité,
Quand monta tout à coup de la lointaine France
  Un cri de liberté !...


Le feu devint ardent sur le buisson mystique.
  Pour la première fois,
L'Humanité debout, superbe, dramatique,
  Fit entendre sa voix :

« La sainte vérité, dit-elle, en pleine aurore
        « Caresse tout berceau,
« Veut que le Verbe soit, dans l'espace, sonore,
        « Libre comme l'oiseau.


« La justice a parlé! Ce que l'être féconde
        « Sous le ciel étoilé,
« Éclora dans la paix, pour le bonheur du monde
        « A jamais consolé! ·


« L'homme, œuvre d'idéal, et sa noble pensée
        « Affronteront, s'il faut,
« Tous combats, car le Christ mort sur la croix dressée
        « Anoblit l'échafaud!


« L'Idée ardente a droit, même en des temps funèbres,
        « A l'orageux essor.
« Essayez donc de prendre aux filets des ténèbres
        « Ce souffle aux ailes d'or!


« Qu'importe si vos lois se soulèvent contre elle,
        « Quand votre hiver finit?
« Nul ne peut empêcher cette grande hirondelle
        « De regagner son nid! »


La pâle Humanité, la constante victime
        Des maîtres abhorrés,
Allait enfin goûter l'oubli de l'ancien crime
        Dans les labeurs sacrés.

Elle atteignait déjà l'espace où se devine,
  Dans l'immortalité,
L'Être qui fit l'Esprit de l'Entité divine,
  Source d'égalité.


Le buisson rayonnait comme une gerbe d'astres
  Éclairant l'Univers,
Lorsqu'un temple surgit sur d'énormes pilastres
  Broyant les rameaux verts !


Shylock, sur le fronton, traça ces mots : La Bourse.

. . . . . . . . . . . . . . . .

  « Adorez le veau d'or,
Dit-il, « le Juif errant achève ici sa course :
  « Voilà son mont Thabor ! »


Cynique, il attacha la plus pâle églantine
  Sur son bel habit noir
Et fredonna, joyeux, la phrase florentine :
  « Laissez là tout espoir ! »

# Adieu, Xenta

. . . . . . . . . . . . . . . . .

La céleste marée en son reflux d'étoiles
Roula vers l'infini ses longs flots d'astres d'or,
Lorsqu'apparut au ciel, impudique et sans voiles,
L'Aurore aux seins nacrés, sur les sommets du Thor.

Silencieux, Xenta m'ouvrit la lourde porte
Du couvent, que le coq engageait au réveil.
Au pied des sombres murs se tenait mon escorte
Immobile, aux rayons du matinal soleil.
Yousouf, toujours prudent, fait recharger les armes,
Puis donne aux chameliers le signal du départ.
Xenta me prit la main. Je vis deux grosses larmes
S'échapper de ses yeux qui fixaient le rempart!
Ému, j'y vois flotter le drapeau de la France!
« Je l'ai cousu la nuit, dit-il, en son honneur;
« Car j'aime ton pays, ami, de tout mon cœur.
« Que de fois j'ai prié, tout vibrant d'espérance,

« L'Éternel, d'assister ce peuple généreux,
« Apôtre et défenseur des libertés du monde,
« Et de faire oublier un passé douloureux
« A cette nation en exploits si féconde !
« Nul ne saurait prévoir le sort du genre humain :
« Le Seigneur en secret dispose et ne dit guère !
« Ami, tu sais combien je déteste la guerre ;
« Cependant... Ah ! soyez les vainqueurs de demain ! »

. . . . . . . . . . . . . . . . . . .

O Xenta ! tu compris, par ma virile étreinte,
Que la Patrie est chère au cœur d'un vieux soldat !
Pour nous, sois un prophète, et pour moi, sois sans crainte :
Je serai des premiers à voler au combat !...

# Vers l'Arabie Pétrée

Nous marchions lentement sous le regard de Dieu
Vers le golfe où jadis, le front ceint d'amarante,
Balkis à Salomon, sur la rive odorante,
Le corps pâmé d'amour tendit sa lèvre en feu.

Les sentiers contournaient les flancs rugueux et sombres
Des monts nus, se ruant à l'assaut du soleil.
Je cherchais, mais en vain, dans le gouffre des ombres
Le pied de ces sommets chargeant l'astre vermeil.
    La tristesse est suprême en ce lieu solitaire !
Un silence hautain ajoute à sa grandeur,
Et l'homme inquiet sent qu'il se cache un mystère
Sous cette majesté de l'aride splendeur.
    Parfois, un cri strident fait frissonner l'espace
Et l'on écoute ému : c'est l'appel des vautours,
Ou le rugissement d'un fauve en rut qui passe
Et bondit poursuivant ses sauvages amours.

L'éther atténuait la rudesse des formes,
Les contours anguleux de ces rochers énormes,

Par sa moiteur subtile et son bleu velouté,
Donnant au gigantesque une molle beauté.
  Cet océan d'azur vient déferler ses ondes,
En duvet de lumière et fluidités blondes,
Sur ces blocs de granit, et les rendent soyeux,
Les préparant sans doute aux longs baisers des cieux.
  L'œil ne voit qu'à travers le tamis d'un fin voile,
Qui flotte ainsi qu'un songe à tous les horizons :
Nature, ton métier trame une étrange toile,
Confondant notre esprit et troublant nos raisons !

L'immuable palpite, et je voyais, superbes,
Les crêtes de ces monts onduler comme un champ,
Sur lequel le zéphir vient caresser les herbes
D'une haleine embaumée où Flore a mis son chant.
  Mais ici, le zéphir, aux montagnes désertes,
Que peut-il emprunter? Aucunes cimes vertes
De chêne ou de bouleau modulant leurs transports.
Il ne peut qu'exprimer la plainte lamentable
D'être pétrifiés, troublés dans l'ineffable
Silence où sont couchés ces formidables morts !
  Aux échos souterrains dérobant ses préludes,
Il s'enfle et va troubler les mornes solitudes
Du registre imposant et grave de sa voix,
Pareille à des appels de louves aux abois !

  Ce jour-là, frissonnant ainsi qu'une mandore,
Ce vent se déroulait comme un ruban sonore
Aux parois des ravins, en murmures plaintifs
Rappelant la chanson des hiboux sur les ifs.

Pourquoi les troublez-vous, ô tristes mélopées,
Ces siècles, que le Temps cruel a suspendus,
De sa sinistre main, aux roches escarpées?...
O mort tes froids baisers ne sont pas défendus!


Yousouf ne parlait pas. Sous cette rude écorce
D'homme et de philosophe orgueilleux et moqueur,
L'idéal se cabrait et donnait une entorse
A sa philosophie, amollissant son cœur.
Alors ses grands yeux noirs, baignés de rayons d'âme,
Semblaient couver ce feu qui médite la flamme,
Obligeant la matière à fixer son flambeau.
« Mon Dieu! s'écria-t-il, que ce spectacle est beau! »


Le drogman s'arrêta. De sa droite tendue
Il me montrait, saisi, cette vaste étendue
Majestueuse, immense océan de granit
Qui semblait palpiter sous l'œil d'or du zénith.
Le soleil, affaissé comme une énorme grappe,
S'écrasant sous le poids de son lourd jus vermeil,
Giclait, et ses rayons, sur cette large nappe
D'azur, la maculaient d'un feu blond sans pareil!
La houle des rochers, par colossades vagues,
Allait se perdre au loin en tons fuyants et vagues,
Comme un flot fabuleux formé de hauts récifs,
Dans le sein d'horizons superbement lascifs.
Leurs creux, dissimulés sous un serein opale,
Miroitant de chaleur, prenaient des coloris
Inconnus, innomés, tandis qu'un rose pâle
Embuait des sommets les manteaux roux et gris!

Du sol miqué, parfois, des gerbes prismatiques
Fusaient comme un éclair barbillé d'aiguillons,
Qu'Omar me traduisit par ces mots poétiques :
« Morceaux d'astre, enfouis, qui germent des rayons ! »

Qu'ils sont veules, ces fonds sous cette poudre d'ambre,
Flottant comme un brouillard d'un beau jour de décembre !
Et combien grandiose est ce chaos géant
Qui dort, baigné d'azur, son sommeil de néant !

. . . . . . . . . . . . . . . . . .

Puis, au pas mesuré de nos lentes montures,
Nous marchâmes encore émus, silencieux,
Jusqu'au tournant d'un pic tout couvert d'écritures,
Que les fils d'Abraham creusèrent, soucieux.

« Atteindrons-nous jamais cette terre promise ? »
Avait tracé l'un d'eux, sur la montagne grise.
Alors Yousouf me dit, en traduisant ces mots :
« Que n'ont-ils tous péri, ces Juifs et leur Moïse !
« Le monde entier serait moins accablé de maux !
« Renverser le Veau d'or certe est un bel exemple,
« Pourquoi fonder après le culte de l'Argent ? »
— Si Jésus a chassé le vil marchand du temple,
Yousouf, l'âpre chrétien, exploite l'indigent !
L'un pourrait avancer qu'il attend le Messie ;
Mais nous, qui prétendons croire au consolateur,
Plus infamante encore est notre hypocrisie :
Le juif n'insulte pas du moins au Rédempteur !

. . . . . . . . . . . . . . . . . .

De ce point culminant, j'aperçus l'Idumée
Toute rose ; à ses pieds, somnolente, la mer
Où Salomon rêva de Balkis bien-aimée ;
La brise m'apportait du flot l'arome amer.

Fais pétiller la branche odorante de myrrhe ;
Dresse ici, chamelier, ma tente, que j'admire
Ce superbe horizon mourant sur ce ciel bleu :
Laisse-moi contempler ce sourire de Dieu !

# Le Golfe d'Akaba

Le souffle cadencé de la mer endormie
Sous un manteau moiré d'azur et de vermeil
Soulevait de longs flots qui berçaient son sommeil,
En murmurant tout bas leur sauvage eurythmie.

Chaque lame venait, dans ce golfe désert,
Se reposer du large et de ses aventures,
Et couvrait mollement d'étranges écritures
Cette plage où la brise appuyait leur concert.

Burinez-vous ainsi les tragiques histoires
Du terrible océan, ses assauts, son courroux,
Afin qu'un jeune flot, sur ce grand livre roux,
De son ancêtre apprenne à lire les victoires?

Serait-ce un plan nouveau de suprême combat
Tracé par un stratège, un fourrier de tempête?
Non! ce sont leurs baisers qu'ils impriment, poète,
Leurs frissons contenus par un long célibat!


Voluptueusement le doux flot vient s'étendre
Près de la vague aimée, oubliant tout souci.
La coquette a brodé sur le sable roussi,
De son écume blanche, un entrelac bien tendre.


Écoute leurs soupirs amoureux, leurs sanglots,
Car la vague est trompeuse et surtout vagabonde!
Des larmes ont causé l'amertume de l'onde :
Larmes de désespoir des mortels et des flots!


Mais, ce soir, ils chantaient, clapotant en cadence ;
Bientôt même, enlacés, je les vis s'endormir,
Lorsqu'aux cieux le sourcil de l'éternel Émir
Parut, dissimulant l'œil de la Providence.


L'ombre pâlit alors et recula d'effroi!
Car sur elle pesait, en soulevant ses voiles,
L'invisible regard d'où naissent les étoiles,
La prunelle d'où sort l'inéluctable loi!

Jusqu'au pied de ces monts hérissant l'Idumée,
Qui bordent au ponant le golfe magistral,
L'onde dormait en nappe, étendant son cristal :
Tel au repos d'amour une pudique almée.

Sur ce vaste miroir pareil au bouclier
D'un géant, qui l'aurait, en combat d'aventure,
Rejeté pour étreindre en ses bras sa capture,
Tremblait à la surface un blason singulier !

Sur un champ inconnu du langage héraldique :
Saphir clair ardoisé, presque vert pâlissant,
Des étoiles sans nombre, au milieu le croissant,
Quelques palmiers, un roc, puis un nom talmudique.

J'avais pu déchiffrer ce mot de Sabaoth.
Mais les armes de Dieu, du monde sont connues[1] :
« Infini sur azur, triangle dans les nues... »
Ce n'était certes pas le blason du Très-Haut.

Moïse, Salomon, Mahomet le prophète ?
Ce dernier, sur fond vert, étale ses cinq doigts.
Les autres, dans la Bible, ont inscrit leurs exploits.
Leur écu ne portait qu'un signe : une comète.

Ce qui flotte au cimier du vaincu Lucifer
Est la plume qu'un jour de révolte insensée
L'Éternel arracha de son aile brisée,
En le marquant au front des mots : *Roi de l'Enfer !*

1. Voir, dans *la Justice de Dieu,* p. 69.

Je cherchais vainement les grands noms de l'histoire
Dignes de resplendir sous un si beau blason,
Quand un flot, s'éveillant, murmura la chanson
Qui célébrait de Dieu la suprême victoire.


Il était merveilleux, ce poème d'antan
Où gronde l'épopée énorme de la Bible.
Il racontait l'assaut, la révolte terrible
D'un ténébreux démon qu'il appelait Satan !


Les batailles d'alors se faisaient à coups d'astres
Qui se pulvérisaient par des chocs inouïs !
Quelques-uns sur l'éther passaient évanouis...
Des mille ans n'auraient su réparer les désastres !


Mais, enfin, l'Éternel étouffa ce complot,
Délivrant l'Univers de ses propres phalanges.
Depuis qu'il a vaincu la révolte des anges,
Il règne en paix aux cieux... Ainsi chantait le flot.


Afin de célébrer la pleine paix du monde,
Chaque soir il unit la terre au firmament.
Le ciel se penche alors, donne un baiser d'amant...
Et c'était ce baiser qui blasonnait cette onde !


Un des Hébreux errants qui longeaient en amont
Ces torrents conduisant à la terre promise,
Creusa, dans les rochers où s'arrêta Moïse,
Ce mot de Sabaoth sur la crête du mont.

Il ne se doutait pas que cette haute cime,
A son faîte portant le nom gravé de Dieu,
Pourrait se profiler au sein du golfe bleu...
Et qu'ainsi ce blason aurait une maxime.


Si l'aride désert a l'invincible attrait
Du danger permanent plein de sauvagerie,
Le golfe d'Akaba porte à la songerie,
Tient le rêveur captif en son charme discret !


Ne cherche pas, poète, une voile écarlate
Cinglant vers le fameux port d'Eziongaber.
Seul, ce voile subtil qui flotte dans l'éther
Marque encor de Balkis la trace délicate.


Sur l'Érèbe, aujourd'hui, la reine de Saba
Vogue avec Salomon, couronnés de narcisse ;
Chaque soir, on prétend que son ombre se glisse
Et vient rêver d'amour au golfe d'Akaba.


O mortels ! vos grandeurs, vos beautés éphémères,
Sur l'azur traversé par le galop des ans,
Tremblent à peine une heure, et le soufflet du temps,
Brutal, vous fait rouler au pied de vos chimères !


Beau golfe, est-il bien vrai que, lorsque sur tes flots,
Balkis remit au cap vers son Abyssinie,
Le roi prit le grand deuil du cœur à l'agonie,
Éloignant tous témoins pour clamer ses sanglots ?

Puis, qu'il te fit fermer avec une guirlande
Des fleurs qu'elle adorait en pleurant ses amours!
De là ce doux parfum qui persiste toujours!...
D'Omar le chamelier telle était la légende...

. . . . . . . . . . . . . . . . . .

. . . . . . . . . . . . . . . . . .

C'est le charme absolu de la tristesse en beau :
Dans un calme profond qui pénètre et repose,
Les rocs, taillés à pic, d'un délicieux rose,
Semblent avoir en eux des fluidités d'eau.

Les ombres des vallons ressemblent aux nuages
Qui cachent à demi la gloire du soleil,
Avec leurs bords laiteux embués de vermeil
Et leur milieu cendré par des noyaux d'orages.

Vagues sont les lointains, presque mystérieux,
Dans des tons provoquant l'âme à la poésie;
L'onde a le velouté des yeux d'Andalousie
A reflets bleu d'acier, doux, mais impérieux.

Ce n'est plus cette houle arrogante et sévère,
Escaladant les cieux, des monts du Sinaï;
Dans l'éternel azur où règne Adonaï,
Ces pics montent pareils aux degrés d'un calvaire.

Et là, presque fondus dans la blonde moiteur
Où l'aigle aventureux s'enivre de vertige,
Chaque crête apparaît comme un noble vestige
De manoir effondré, couronnant la hauteur.

Dans la paix de la nuit, de légères écharpes
Flottent en étendard au sommet des donjons ;
Un frisson de palmiers, semblable aux voix des joncs,
Monte en trillant des pleurs d'éoliennes harpes !

Ce murmure est-il pas le bruit du doux baiser
Que donne tendrement le ciel au cœur des ondes ?
Oui, tout vibre, et l'on voit que les écharpes blondes
Hâtives, des sommets, se mettent à glisser !...

Et toutes, sur les bords des vagues endormies,
Rejettent sans tarder ces voiles très subtils.
J'ai vu, comme un éclair, car un rideau de cils
S'abaissa de leurs yeux,... se baigner les Lamies !...

Elfes, sylphes légers, âmes tendres des fleurs,
Tout un monde inconnu de notre race humaine
S'empara lentement du liquide domaine,
Tandis que l'astre Églé lui versait ses pâleurs !

Le golfe, si désert, ressemblait aux royaumes
Des contes fabuleux des *Mille et une Nuits*.
Les branches des palmiers laissaient pendre des fruits
Par grappes, à reflets métalliques de heaumes !

Leurs éclairs, flèches d'or, que les archers des cieux
Lancent, les dérobant aux rayons des étoiles,
Allaient, par ricochets, se piquer dans les voiles
Des ondines, ainsi que des fils précieux !

Tout à coup, du lointain, une voix éclatante,
Qu'appuyait sourdement un tam-tam du Soudan,
Vint rouler ses échos (c'était en ramadan)
Jusqu'au faîte des monts et sur l'onde dormante !

. . . . . . . . . . . . . . . . . . .

. . . . . . . . . . . . . . . . . . .


Muézin, Mahomet sommeille aux pieds d'Allah.
Laisse-le reposer : ta farouche prière
N'atteint pas la grandeur de cette hymne de pierre
Qui s'élance vers Dieu du golfe d'Akaba !

# Adieux au Désert

Adieu, Désert! j'aperçois l'asphodèle
Fleur d'avant-garde à tes frontières d'or.
Peut-être un jour, imitant l'hirondelle,
Je reviendrai te contempler encor.

J'aimais ta plaine où règne le silence
Qui met son baume au plus profond du cœur!
Désert, tu sais corriger l'insolence
De l'esprit fort au sourire moqueur.

Dis, qu'as-tu fait pour mériter l'empire
De ce sol roux plus triste que la mort?
Es-tu vivant, cadavre, ou le vampire
Qui boit le sang d'un monde et qui s'endort?

Es-tu le champ de bataille effroyable
Où le Titan mesura l'Éternel?
Dieu fut, dit-on, féroce, impitoyable
Pour l'homme osant le juger criminel!

« Le chamelier dit que les caravanes
« Foulent, Désert, sur tes sables mouvants
« Les corps broyés des farouches Titanes...
« Quels tumuli pour le pied des vivants !...

Je la crois vraie, et j'aime cette histoire
D'ancêtres fiers, voulant forcer les dieux
A leur donner, après une victoire,
Les droits conquis de citoyens des cieux.

La majesté de ton silence impose !
On ne rit pas en touchant le linceul
De tout un peuple, et sous lequel repose,
Mort au combat, le valeureux aïeul !

Tout homme éprouve un sentiment d'alarme
En t'abordant, superbe paria !
Tu m'arrachais, Désert, plus d'une larme,
Car *Summum jus, summa injuria!*

Et cependant, malgré cette anémie,
Cette pâleur d'indigent épuisé,
Ce corps terreux de très vieille momie,
Son front de sphinx, rêveur, stigmatisé,

Il est si beau, lorsque le vent qui passe
Hurle le soir sur son cadavre sec !
Lorsque la brise aimante, jamais lasse,
Vient lui chanter son cantabile grec !

Il est si grand, sa mine est si hautaine
Lorsqu'au soleil, montrant sa nudité,
Il dit : « Moi seul, je mets en quarantaine
« Les torrents d'or de ta fertilité.


« Dis à ton Dieu que j'ajoute à l'offense
« De mes Titans dont je suis le cercueil :
« Car de tels morts, méprisant sa puissance,
« Veulent en paix pourrir dans leur orgueil ! »


Ta majesté, ta vaste solitude
Font tressaillir l'artiste et le penseur.
Et tout esprit, chez toi, prend l'habitude
D'être son propre et sévère censeur !


Il n'est pas seul sur tes vagues de sable,
L'homme isolé, perdu de très longs jours !
Sur son passé, peut-être misérable,
Il sent tes yeux qui le suivent toujours !...


Car ton silence éveille au fond de l'être
L'inquiétude attachée aux remords !
L'âme frémit, te prenant pour un prêtre
Qui saurait tout, vivant avec les morts !


.   .   .   .   .   .   .   .   .   .   .   .   .   .   .   .   .   .   .

.   .   .   .   .   .   .   .   .   .   .   .   .   .   .   .   .   .

Adieu, Désert, à ces monts gris et mauves,
Ces grands témoins des colères de Dieu !
Leurs fronts bronzés de marabouts très chauves
Semblent le soir une chaîne de feu.

Elle essayait d'emprisonner le monde
Pour l'empêcher d'aller rejoindre au ciel
Ces globes d'or veillant ta nuit profonde,
Nuit bleu de roi qui couvre ton sommeil ?

Superbe nuit ! La fluidité sombre,
Le transparent opalin du rayon
Qui tremble au bord des grandes vagues d'ombre
Te font la mer où l'astre est l'alcyon !

. . . . . . . . . . . . . . . . .

. . . . . . . . . . . . . . . . .

Dans le dédale effroyable des gorges
Du Sinaï, défiant le zénith,
On sent passer des haleines de forges
Et l'on entend s'ébrouer le granit !

C'est le soupir des épais pachydermes
Pétrifiés, que montaient les géants ;
Devenus rocs, leurs rugueux épidermes
Montrent à Dieu leurs vastes trous béants.

Leurs yeux vidés semblent toujours farouches !
Leurs fronts cornus menacent le soleil !
Et le rictus des formidables bouches
Grimace encor la vie en ce sommeil !

Et lorsqu'en rut, quelque fauve superbe,
Fou de désir, sème partout l'effroi,
C'est à vos pieds, foulant l'hysope en herbe,
Qu'il vient rugir, chercher l'antre de roi.

.   .   .   .   .   .   .   .   .   .   .   .   .   .   .   .   .   .   .

.   .   .   .   .   .   .   .   .   .   .   .   .   .   .   .   .   .

Adieu tes nuits, où l'étoile immobile
Vient écouter pleurer l'humanité !
Ces pleurs, Désert, font tache indélébile
Sur le manteau de la divinité !

Sais-tu, Désert, que l'homme s'émancipe
A blasphémer ; qu'il invente des mots
Pour insulter à l'éternel principe :
L'Être impuissant à corriger les maux !

Car il sait trop que l'ardente prière
N'atteint jamais le monarque des cieux.
Dans ton cercueil, va, pourris ta poussière.
Mortel, le ver, quel ami précieux !

Vous qui passez, esprits de l'autre monde,
Pour recueillir ce qu'un cœur dit tout bas !
Vous l'ignorez, le doux mot qui réponde
A son espoir, vous ne le savez pas !

Ainsi que nous, vous êtes, ô fantômes,
A tout bonheur d'éternels étrangers ;
Des mendiants qui changez de royaumes
Besace au dos, de pauvres passagers !

De l'univers vous brûlez les étapes
Pour échapper aux griffes du destin;
N'espérez point, aux divines agapes,
Atteindre un jour la table du festin.

Portez au moins, âmes des trépassées
(Car vous avez d'amour toutes souffert)
A l'être aimé mes plus tendres pensées,
Ce que mon cœur lui dit en ce désert?

Ah! porte-lui, belle ombre fugitive,
De mon espoir le secret le plus doux...
Et les accents de ma douleur plaintive,
Car je suis loin, trop loin de ses genoux.

Et j'entendais frissonner le silence
Ainsi qu'un if aux plaintes du tombeau!...
Au firmament, la sage vigilance
Seule abritait le nocturne flambeau!...

Comme une mer, cette immensité d'ombre,
S'irradiant d'astres prodigieux,
Fait du désert une île vaste et sombre...
Je me disais en regardant les cieux :

N'espère rien! La céleste harmonie
N'est qu'un calcul!... Au ciel empyréal
Dieu périrait, si son astronomie
Pouvait fléchir pour plaire à l'idéal!

De l'infini comment veux-tu qu'un être
Puisse embrasser l'espace et le concert?...
N'espère rien, pense et dis-toi : Peut-être...
Adieu, Désert!

# Table des Matières

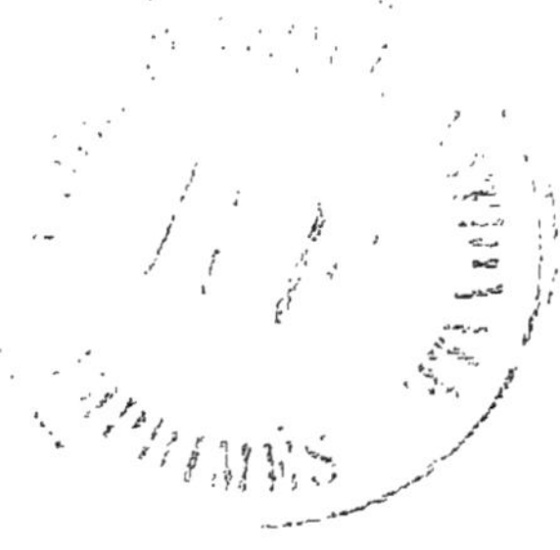

9364. — Lib.-Imp. réunies, 7, rue Saint-Benoit, Paris.